喜歡本大爺的竟然就妳一個？3

orewo sukinanoha
omaedake kayo

作者
駱駝

illustration
ブリキ

U0074975

Kadokawa Fantastic Novels

小椿／洋木茅春
班上的轉學生。綽號的由來是把姓名組合起來就可以湊出「椿」字。轉學第一天就親吻我的手背並表示「希望能夠為我效勞」的古怪少女。

「以後我會誠心誠意
為你盡心盡力。
請多指教嘍。」

「下次的網球比賽，
花灑也要來幫我加油喔！
我會努力的！」
葵花／日向葵
大爺我的兒時玩伴。是網球校
隊的王牌球員，只有運動神經
很出色的傻妞型騷貨。似乎是
高中校際聯賽的預賽快到了，
早晚都很努力練習。

「實不相瞞，在下本日出了差錯，
做了過多的午餐來……若、若是
不介意，想請如月兄嚐嚐……」
Cosmos／秋野櫻
大爺我的學姊，也是學生會長。是個外表冷豔，校內名聲又好的模範生，但其實很廢又很少女。極度緊張時說話就會變成武士口氣。

「是我的寶物。
我非常喜歡這本書，
所以希望你也看一看。」
Pansy／三色院堇子
莫名只對大爺我超毒舌，紮辮子、戴眼鏡的圖書室主宰。一旦拿下眼鏡、解開辮子就會變成很對我胃口的超級美女，可是……這種機會可說完全不存在。

「主人～♥
今天我們要搗什麼麻糬呢蹦？」
我要走上正因為是路人才走得了的後宮路線！也不知道是不是這奸詐的某人遭了天譴，難得換上真面目的Pansy和我大吵了一架……這次完全是我不好。沒辦法……既然這樣——
我就做出覺悟，對Pansy「表白」！

contents

Kadokawa Fantastic Novels
3
orewo
sukinanoha
omaedake
kayo
喜歡本大爺的竟然就妳一個？
作者
駱駝
illustration
ブリキ

序章　我不怎麼在意

有天放學後，我——花灑，如月雨露，拿起書包正要站起，坐得很近的兩個男學生就彷彿看準了這一刻，開始了談話。

「欸欸，你覺得我們學校最可愛的女生是誰？」

「咦？最可愛的女生？嗯～～！好難決定啊～～——我要想一下，等等我。」

「ＯＫ！」

那是足球校隊的α同學與橄欖球校隊的β同學吧。

唔。全校誰最可愛，是吧……這個話題非常稀鬆平常又沒有新意，但的確會讓人多少有點興趣啊……好，就先聽完他們的談話，再去圖書室吧。

所以呢，我停止起身，再度就座。

「……好！決定了！我覺得最可愛的，就是我們班上的葵花嘍！」

經過三十秒左右的思索，以橄欖球校隊來說口氣有點可愛的β同學得出的答案是葵花。

原來如此，這答案應該還算妥當。我的兒時玩伴葵花——日向葵，的確可愛。

雖然年幼的外表與年紀多少有些不相稱，但還算在容許範圍內。有點傻氣的部分也會讓

人覺得並非負面因素，反而會很正面地解釋為她是個坦率又開朗的女孩，她就是這樣一個美少女。

「葵花啊。嗯，葵花是很可愛……不過啊，我的答案可不一樣耶～」

「是喔～那麼有不和同學覺得誰最可愛？」

哎呀呀，有不和這個姓氏真的很稀奇耶，我第一次聽到的時候還真嚇了一跳。（註：「有不和」與「α」的日文音近）

「那還用說！當然是學生會長 Cosmos 學姊啊！她成熟又溫柔，而且胸部又大！那麼完美真的可以嗎！可以！KU～！」

足球校隊的α同學──有不和同學，一邊朝川平的形象邁進，一邊握緊了拳頭。（註：知名足球主播川平慈英播報時常會呼喊「KU～」）

唔，這應該也是妥當的答案。學生會長 Cosmos──秋野櫻的確可愛。

她外表成熟，又有著配得上學生會長職位的好頭腦。而且明明有這樣的實力，卻不會高高在上，是個對誰都平等對待的和善美女。

雖然漂亮會比可愛更適合形容她，不過就他們的談話而言，指的應該是同樣的內容吧。

實在是……葵花與 Cosmos 這兩位本校兩大偶像，人氣絲毫不見衰減。

「Cosmos 會長啊～嗯，的確是個美女耶。要是有人問我她跟葵花要選哪個，我是會選葵花，但我也很能體會有不和同學的心情！」

「真不愧是部江田同學！我一直相信你會這麼說！KU～」

這位的姓氏也是不管聽幾次都覺得稀奇（註：「部江田」與「β」的日文音近）。還有，有不和同學，你太死纏爛打了。

「那，部江田同學，我要問你相反的問題，你覺得我們學校最不可愛的女生是誰？」

「不可愛的女生？嗯～……好難選啊～」

部江田同學，接下來的發言你可得小心。

你仔～細看看四周。留在教室的女生們就以紅人群為中心，都豎起了耳朵在聽，同時還漸漸包圍住你們。

也就是說，要是部江田同學在這個時候不小心提起我們班上女生的名字……他們在班上這個狹小的社會中，大概就會形同死亡。南無南無。

哇！紅人群暫定領袖A子的表情有夠可怕的耶！

我得小心別跟她對到眼……

「我是已經選好了！所以，接下來就只等你的答案耶～！KU～！」

「知道了！反倒是我其實也準備周全了！機會難得，我們要不要一起講出來？」

「好個快人快語！」

好個無知真可怕。

他們絲毫沒注意到死亡已經來到自己身邊，天真的笑容好燦爛呢。

「「預備……」」

我雖然不是當事人，但仍為這短短一瞬間的沉默吞了吞口水。

「「三色院董子！」」

啊～……嗯，如果是提她，你們的命運就不會走到盡頭。這可讓你們逃過了社會性死亡啊。

而且那些女生也都露出有點撲空的表情，解除了對你們的包圍。

畢竟這個女生是別班的，而且還是個沒什麼朋友的圖書委員。

也是啦，這個答案應該也很妥當。圖書委員 Pansy ——三色院董子，的確不可愛。

像洗衣板一樣平坦的胸部、厚得令人難以置信的眼鏡，還有土里土氣的辮子。

從某種角度來說，是個不起眼到反而醒目的微女（註：「微女」與「美女」的日文發音相同）。

他們之所以會把她評為全校最不可愛，我也很能理解。

「就是說啊！我去年和三色院同班，她真的是有陰沉的 KU ～！」

在這個環節採用川平口氣？有不和同學挺行的嘛。

但，你的這個情報可錯了啊，她就只是只和要好的人說話而已。

她在圖書室和朋友待在一起時，嚴格說來話還挺多的，並不會陰沉。

「畢竟我跟她不同班啊。噢，可是，三色院的事情我倒是聽說過很多。像是什麼就算找她說話，她也只會簡單一兩句回完，很不愛理人啦，超難相處啦。然後啊，我聽了這些就想到，她根本是個自以為是、高高在上、背地裡損別人的類型吧？她不知道其實是別人在損她！噗噗噗噗噗……」

部江田同學，你這個情報也錯了啊。她不是在損別人。

她只損我，每天對我噴毒，這才是正確答案。

「我也這麼覺得！三色院她個性一定很差！畢竟她那麼土，又陰沉……真的是一點優點都沒有！」

「啊哈哈哈哈！比起考試考一百分，要找出她的優點還比較難吧！要是找得出三色院菫子的十個優點，保證考得上東大！才怪！」

唔，他們的對話多半就會在這裡告一段落，這次真的該拿起書包起身了。

「…………好了，差不多該走啦。」

＊

走過走廊，爬上樓梯，打開大了點的門之後，就來到了圖書室。

待在櫃台的辮子眼鏡女——Pansy，以一如往常的土氣模樣來到我身旁。

「你好，花灑同學……哎呀，你的臉是怎麼啦？又紅又腫，看起來非常痛呢。是被誰打了嗎？」

「有幾個講沒營養的話的傢伙擋住我的路，我拿書包砸過去，就被打了。完畢。」
「是嗎？那你最好貼個藥膏。我來幫你貼吧？」
「用不著。這種小傷，放著也會好。所以，Pansy 妳…………不要放在心上。」
「…………？最後這句話你說得格外心有戚戚焉，是發生了什麼事情呢？」
「我只是知道自己肯定考得上東大而已。」
「看來你的頭被打得很重呢。那你可以貼個昆布。我來幫你貼吧？」
「竟然是指這個！我的頭皮沒問題！髮量也多得很！」
「逃避現實，是你的壞毛病。」
我這麼糟糕喔？我還是第一次聽到，嚇得我都心神不寧了耶。
「可是，你放心吧。為了保護你的頭，這也是情非得已，今天我也會讓你的頭躺在我腿上。」
「什麼叫作今天也啊！今天也！我明明就沒有每天躺妳腿上，而且也沒想要這樣！」
「的確是這樣耶……我還以為讓你躺了一次以後，只能對大腿感到興奮的你差點上癮，所以不好意思說呢……」
「我幾時成了戀大腿癖？真要說起來，我明明是戀胸…………算了。」
「竟然對追濱車站興奮，你的性癖好相當特殊呢。真不知道你怎麼會變成這樣耶。」
（註：「追濱」與「胸部」日文音近）

「我明明就說算了！為什麼會變成這樣？」

我為什麼會變成一個對位於神奈川縣橫須賀市的車站產生性興奮的莫名其妙男？

真是的……腦袋有毛病的是誰啊？

今天她也還是老樣子，開朗又健談，俏皮地損我……

「……我要馬上去閱覽區。」

「我明白了。」

再陪這女的聊下去，我的腦袋多半也會有毛病，所以我強制結束對話，走向閱覽區。而Pansy當然也跟了過來，簡直像個背後靈。

啊，嘿咻——

「那麼就請你詳細告訴我，會演變出『那種事情』的前因後果吧。」

好快！我屁股剛碰上椅子的瞬間，她就給我提起這件事！

「那種事情……也不是什麼大不了的事……」

「這是價值觀的差異。在我看來就是大不了的事，而且我還被牽連進奇怪的事情。」

唔……被她這麼一說，我也無從反駁。

若要問起關於「午休時間發生的事件」最該怪誰，那肯定是該怪我。

我想說自己是個路人所以沒關係，拚命得寸進尺，結果就是發生事件，把Pansy和其他人狠狠牽連進來。

唉……雖然是自作自受，但我實在不太想說啊……

可是，就算我抗拒，大概也只會被她硬逼著說出來……還是乖乖就範吧……

「那麼，我就告訴妳，我和今天來的轉學生——洋木茅春之間發生了什麼事。」

我的後宮完成，然後瓦解了

第一章

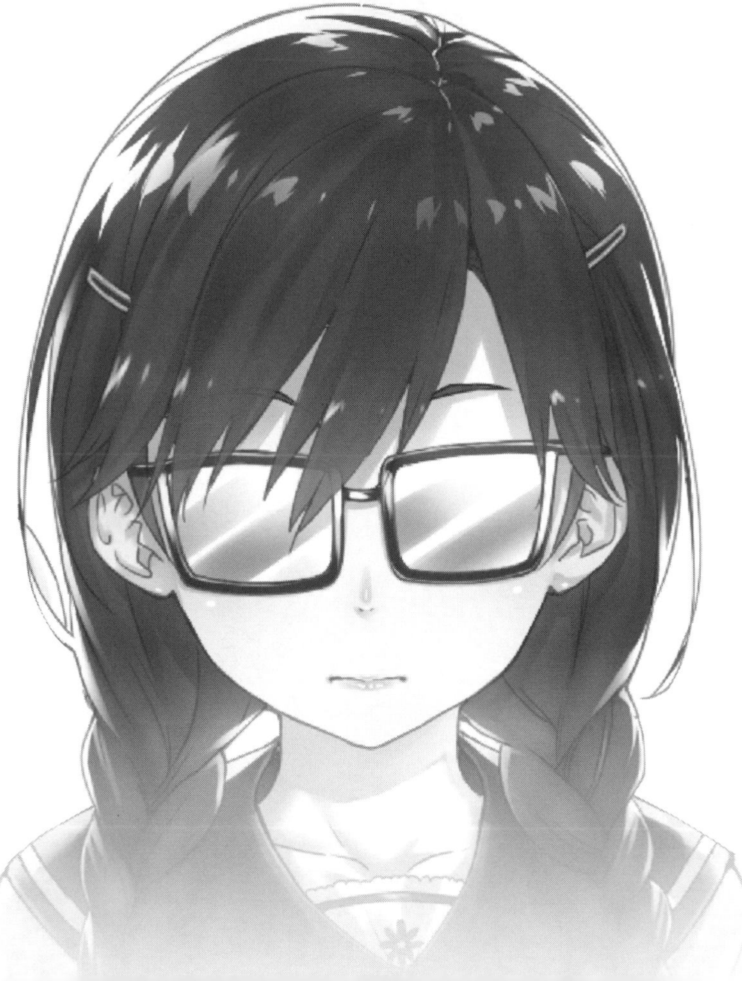

現在，我身前站著一個女的。

她留著一頭劉海剪得整整齊齊的短直髮，充滿男子氣概的眼神散發出一種嚴格的氣氛，身高比女生的平均身高略高，胸部則可悲地與劉海一樣平整，連葵花都自嘆不如。

雖然有部分部位非常令人遺憾，但仍然是個十足的美女……她就是今天轉到我們班上的轉學生洋木同學。

然後這位轉學生洋木同學呢，是個相當古怪的女生。

要說有多古怪，她在轉學第一天的自我介紹時，就突然走到我面前——

「以後我會誠心誠意為你盡心盡力。請多指教嘍。」

然後在說完這句莫名其妙的台詞時，劈頭就親吻了我的手背。

……哎呀呀，這是什麼劇情啊。

乾脆別親手背，親臉頰或嘴唇說不定也行。

又或者，即使不親吻，但她其實是雙方家長指腹為婚的未婚妻，或者我們是過去曾經互許終身的男女，又或是她把鑰匙做成項鍊掛在身上之類的……

雖然有很多不同版本，但以分類來說都是同一類。

說穿了，就是我發生了轉學生事件。

呵。還好我無論何時何地都做好闖入愛情喜劇的心理準備，這樣果然是對的啊。

這種狀況的對應方式我可清楚得很喔。露出一種任誰看了都會無法不心疼的天真無邪眼神，窘迫地回答：「呃……這是怎麼回事？」就行了吧。

哈哈哈！這點小事簡單得很！我老神在在……

「咿咿咿咿咿咿咿咿咿！」

哪有可能啦！我一口氣縮手，發出了哀號！

這女的是怎樣？突然跑來親我手背，絕對是腦袋的構造出了差錯！

「你啊，這態度會不會太過分了點？」

不好意思啊，在妳對我擔心受怕的模樣眉頭一顫露出狐疑表情的時候講這個，可是妳做的事情太有問題了。不，根本是除了問題以外什麼都沒有。

「沒、沒有啦……一般可不會做這種事情耶。」

「哪有可能？」

「就是有可能！」

妳所知道的轉學生，會一看到認識的人就跑去親人家手背嗎？

而且我根本就不知道妳是誰耶！

「嗯～～爸爸以前告訴過我：『要是有值得效勞的對象，就先用嘴脣在對方的手背上一吻，表達自己的意思。』所以我才這麼做……好奇怪啊。」

妳家是在學哪裡的英國貴族啊！奇怪的是妳父親的教育方針！

不管多往好的方向解釋，這都是會製造誤會的行為吧！就算在發源地英國做這件事也未必就行得通！

實在是……她這麼沒常識，接下來的校園生活應該會過得很辛苦吧。

看吧，妳自己看看大家，幾乎所有人都對妳投以懷疑的視線……等等，怎麼嚇到不敢領教的視線是集中在我身上！該死！竟然又是這個套路！

「呃……洋木同學，差不多可以請妳做個自我介紹了嗎？」

Nice 班導！真虧你敢殺進這莫名其妙的氣氛裡！

「啊，說得也是。對不起。那麼，如月雨露同學，我們晚點再聊嘍。」

被她一叫全名，就像是被牢牢鎖定住了一樣，好可怕。

還「晚點再聊嘍」咧……我已經飽了，不用再來了啦。

「我的名字叫洋木茅春。在上一所學校，大家是把我姓氏裡的『木』和名字裡的『春』拼在一起，叫我『小椿』，如果大家也願意這麼叫我，我會很開心。」

喔喔，這綽號可不是完美地符合那個類別嗎……

可是，即使聽了全名，聽了綽號，我還是想不起。她到底是誰？

希望還能有別的提示啊。

「那麼，有問題的同學……」

「啊，我有問題！為什麼小椿會轉來我們學校呢？」

葵花妳挺行的嘛，竟然在這種奇妙的氣氛下，可以若無其事地問起和剛剛那件事完全無關的事情。

親吻手背這種事就只是家常便飯吧？你們大家在尷尬什麼？

她舉手發問的態度不就絲毫沒把這件事放在心上嗎？

「騷貨界的喬科維奇（註：「維奇」的日文發音同 Bitch）」這個綽號就送給妳了，畢竟妳是網球校隊的。

「我老家是賣炸肉串的，由於業績提升，決定要開二號店，我也因此轉學過來。店的名稱叫『陽光炸肉串店』，預計在後天開幕，如果各位同學不嫌棄，還請來捧場。」

「哇啊！好棒喔！嗯！我一定會去！」

為什麼賣炸肉串的要對兒女施以英國貴族式的教育？

是因為炸肉串跟西洋劍有點像嗎？

不，西洋劍（Rapier）原本的語源是在法國誕生的「Epee Rapiere（突刺劍）」，並不是英國……等等，賣炸肉串的？她說了炸肉串吧……？

『我的名字叫茅春。茅崎的「茅」，春夏秋冬的「春」，茅春。』

「啊……啊啊！妳……是那個時候的！原、原來妳是女的？」

我差點忍不住站起來，但忍下來大叫了一聲。

我知道了！我現在有夠清楚妳是誰了！這個人，就是那個人！

不就是去年我在球場周圍，跑去買要鼓勵小桑用的炸肉串時，那個在顧攤的憂鬱型男店員嗎！

「嗯。你總算想起了啊？而且你還以為我是男的……」

「妳說陽光炸肉串店～～～～！」

奇怪？有別的座位傳出了比我更誇張的大叫聲喔。

發出這聲大叫的人，是我的好朋友小桑——大賀太陽。

不知道是怎麼回事，但他就是非常亢奮。

只見他碰響椅子起身，雙手放到桌上，還露了一手劇烈的跳躍動作。

他以一八〇公分的高瘦肌肉體型做出這種動作，讓桌子都發出了咿呀作響的哀號。真希望他小心點，別踩壞桌子，弄得自己受傷了。

「啊，原來你知道我家開的店啊？」

「那當然！從去年八月起，名聲與滋味都突然膾炙人口的炸肉串界超新星『陽光炸肉串店』！咬一口就會觸發的麵衣與肉的伊娜鮑爾（註：花式滑冰動作，雙腳一前一後，兩腳尖外開一百八十度，身體橫向滑行。由西德女性花式滑冰選手伊娜鮑爾（Ina Bauer）發明，故冠以其名）！那

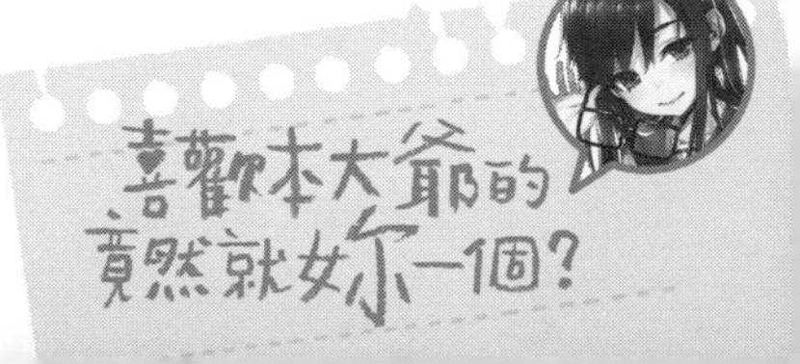

輕輕一舔就會衝得滿嘴齒頰留香的寶石綠洪流，實實在在是醬汁界的愛琴海！不只滋味好，連心靈也能得到療癒，兼具頂尖與極致的炸肉串！啊！這可讓人受不了！好滋味讓人口水直直流的陽光炸肉串店，沒錯吧！」

小桑，你冷靜點。就算你態度整個爽起來，我也聽不懂你在講什麼。

我唯一搞懂的，就是你由衷熱愛炸肉串的這個事實。

「嗯。真虧你會知道，差不多都說中了呢。」

差不多都說中？我可完全沒聽懂耶！

「呃，那自我介紹就到這裡。然後，洋木同學的座位就在最後排的那邊。」

啊，班導的教師魂消失了，竟然給我強制結束自我介紹。

「我明白了。」

在班導催促下，洋木一臉不高興的表情走向指定的座位。

從事態發展趨勢來看，我還以為一定會坐到我周圍，結果並非如此，離得還挺遠的。

也是啦。畢竟我的座位在前面數來第三排，右邊數來第二排，是很半吊子的路人風座位，周圍全都有人坐了。

順便說一下，坐在我左邊的，其實……

「花灑，你竟然劈頭就讓人家親你手背，差勁透了……有夠離譜……」

就是女生小圈子裡最可怕的紅人群裡頭的A子。

「沒、沒有啦……我也根本搞不清楚……」

「……好噁！」

這樣不對吧？

上一集的終章裡，我明明將她從在紅人群受到孤立的危機中拯救出來，當初她還用尊敬的眼神看著我，為什麼現在看我的眼神卻像是在看髒東西？

這就是所謂女人心海底針嗎？這我可上了一課。

……好了，就先不提這個。

四月上旬發生「披著愛情喜劇主角皮的騙子雜碎男！同時攻略兩大美女樂呼呼事件！」，五月上旬發生「只是個路人卻被選上參加花舞展的渣男！這次不是追兩個而是三個啊呀吼事件」，然後到了離六月只有一步之遙的五月底，也就是今天，發生的這件事……我想想，就命名為「劈頭就讓轉學生親吻的垃圾男！又多了一個人啦耶～～事件」吧。

……這樣一想，就覺得好厲害啊。

一輩子未必碰得上一次的事件，竟然給我以一個月一次的頻率發生。

搞不好我其實適合當偵探啊。遇到事件的頻率真的讓人想罵笨～～蛋（註：原文為「バーロォ」，為《名偵探柯南》主角柯南的口頭禪）。

不過就算嘆氣也無濟於事，差不多該來想想這次事件的對策了。

不用怕。過去發生各式各樣的事件，忙東忙西的，我也都撐過來了。所以，我很冷靜。

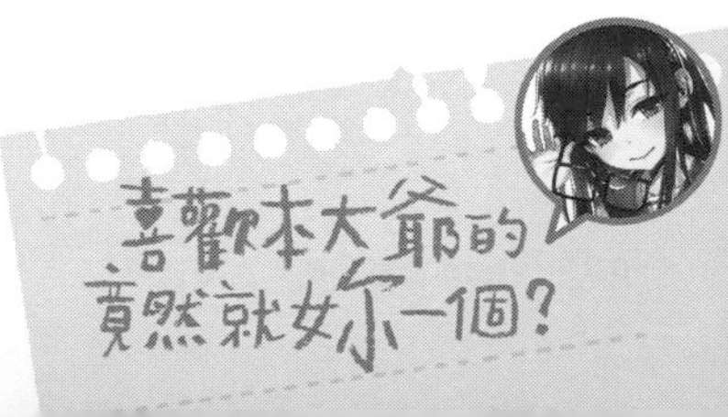

要說我有多冷靜，就是冷靜得眼球徹底對不到焦，視線滿場亂飄，兩邊大腿用相當於平常三倍的速度在振動。

而這冷靜的我，對於如何因應這次的潛在悲劇事件，擬定了三個方針！

首先就來介紹這些方針吧！也就是慣例的那個！新版對策總整理粉墨登場的時間到啦！

一：避免遭到班上的大家（主要是紅人群A子同學）攻擊。

這是當然的吧？洋木已經對我做出了不得了的行動。

而這個行動的結果，讓班上的大家（主要是男生）已經對我發出了因嫉妒與殺意而發狂的聲音。來，仔細聽聽看。呃……什麼什麼？你說「不幹了！我現在不當人類啦」……？看來你完全準備好要戴上石頭面具了啊。

這下也許該考慮考慮去英雄股份有限公司打個工啊（註：哏出自《JoJo 的奇妙冒險》、北川惠海的《不幹了！我開除了黑心公司》與《ヒーローズ（株）！！！》）。

就先不提這些逃避現實的念頭了，我不能讓狀況惡化下去，反而得想辦法好轉。

因此，要奮鬥。

二：不讓 Pansy 發現。

哎呀，為了避免誤會，我話先說在前面，並不是因為我喜歡 Pansy 才不想被她知道喔。

我現在還是一樣討厭她。

可是，她發下豪語說喜歡我，還露骨地追求我。

這樣的她要是知道這個事實，會變成怎樣？我完全無法預測。

不過有一件事我倒是確定不會錯。

那就是……一旦她得知這個事實，就會直接導致我的悲劇。

因此，要奮鬥。

三：不跟洋木坐上「那玩意兒」。

這是不可或缺的。洋木和我邂逅的地點，也不知道是出於什麼樣的命運巧合。

偏偏又是那天，那個時候，那個地方。這是球場愛情故事。

有膽子就和洋木坐上那玩意兒試試看，絕對又會發生不幸的事情。

既然以往我只要坐上那玩意兒，沒有一次不發生不幸，那就錯不了。

靈驗到我甚至連正式名稱都不太敢講出來的水準。

因此，要奮鬥。

以上就是我的本次方針。怎麼樣？很完美吧？

我根據自己周遭的人際關係還有以往的經驗，把該做的事情全都篩選出來啦！

好了，就讓我根據這三個方針來努力吧！

「花灑，你又對其他女生下手哩！明明有我在，為什麼要這樣……筆記筆記。」

四：不要讓津輕女寫出無謂的報導。

因此，要奮鬥。

好了，就讓我根據這「四個」方針努力吧！……哭哭。

＊

衝擊性的班導時間結束，第一堂課開始前的空檔。
班導一說出「今天就到這裡」的瞬間，洋木就來到了我眼前。
好快。好快啊。她的行動之快非比尋常。
可惡，虧我還想說如果情況允許，希望能靠轉學生慣例的提問時間還有聚集的人潮來阻擋洋木，各位同學，你們好歹看一下氣氛啊。
結果幾乎每一個人都給我專心觀察我和洋木的情形……
「好了，可以說出你的願望呢。不管是什麼願望，我都會幫你實現。」
「給我辣妹的小褲褲～～！」
總之我就先開個爽朗的玩笑，讓氣氛和緩一下……
「嗯，知道了呢。」
「咦？」
這女的在說什麼鬼話？還突然看向A子同學……等等，難不成……！
「這位同學，可不可以請妳脫掉小褲褲，送給如月雨露同學？」

「啥、啥啊！我幹嘛要給他！」

不～～～！這個辣妹的小褲褲很不妙！我用不著！

「等、等一下！我是開玩笑的，開玩笑！」

「是喔？希望你不要開這種不好分辨的玩笑呢。那麼，你真正的願望是什麼？」

我連開個玩笑來和緩一下氣氛的權利都沒有嗎……

「你喔……還、還小褲褲咧……」

Ａ子同學，妳手放到兩腿之間用力按住裙子的動作，很棒啊。

妳是怕到了，怕小褲褲被人脫下吧。咻～～！好可愛☆

既然妳願意擺出這麼可愛的模樣，相信妳一定願意諒解我吧。

相信妳會懂，話的確是我說的，但我只是想營造出溫馨的氣氛。

所以啦，相信妳會願意一笑置之——

「你這個雜碎！」

我是雜碎沒錯，怎樣？

既然妳這麼打算，我也不管了！接下來我就要往厚起臉皮的方向去應對。

好了，就別管身邊的修羅，先回答洋木吧。呃，她是問我願望對吧？

「洋木，我沒有什麼願……」

「希望你叫我小椿呢。剛才自我介紹的時候我就說過了，你已經忘了嗎？」

看來這個冒牌英國貴族似乎看不出我明明記得卻想營造出心靈間距離感的苦心。

沒辦法，這種時候我就跟著用貴族風格的應對，想辦法度過難關吧。

「……小椿姑娘，在下倒也沒有什麼願望可言。」

嗯？這好像不是貴族風格，是武士風格吧？應該是受了某個學生會長的影響吧。失敗。

「真的？你還真是個清心寡欲的人呢。」

不，我充滿欲望，只不過我是個比較內向的變態而已。

「我想想，例如說，你遇到跟蹤狂纏擾，需要幫助；又或者是半強制地非得做出別人指定的行動不可，希望能夠擺脫這種情形……你都沒有這類的困擾嗎？」

照常識推想，哪裡會有高中男生處在這麼可怕的狀況…………還真的有。

只要拿個鏡子來，就會有個這樣的高中男生出現在我眼前啊。

唔——站在我的立場，是想知道這女的為什麼會想實現我的願望，可是我問了，她就肯說嗎？啊，只要把問題說成願望就可以了嘛。我好聰明喔。

「小椿！」

「妳是……剛才提問的同學吧？」

「嗯！我叫日向葵！大家叫我葵花！請多指教嘍！」

「嗯。妳的綽號跟我有點像呢。請多指教，葵花。」

嘖，我正想馬上要她實現我的願望，葵花卻對她充滿了興趣。

要是現在打斷她們的談話，肯定會被罵，這種時候還是乖乖別作聲吧。

「問妳喔！妳跟花灑是什麼樣的關係？妳剛才都親他手手了！在手手上啾～～！」

為什麼我得顧慮著別惹妳生氣，妳卻什麼都不顧慮！

就算妳噘起嘴開心地「啾」，但一點也不……會不可愛啊。

該死。說來不甘心，但實在挺可愛的。

「花灑？啊，如月雨露同學的綽號叫『花灑』啊？」

她用眼角餘光看看我後，又把視線拉回葵花身上。

不妙啊……小椿剛才就把我的玩笑話當真，還叫郊狼脫掉小褲褲，是個腦內螺絲噴飛型貴族。

難保她不會把單純顧客與店員之間的關係形容得令大家誤會……

本來我是很想阻止，但就憑路人級的我，在立場上與能力上都很難辦到。這下該怎麼辦才好呢？

「對啊，沒錯！然後我就是花灑的好朋友大賀太陽！叫我小桑！」

就是在等你啊！在我遇到危機時趕來的主角，除了他以外不作第二人想！

「對吧！花灑！」

而且他還用眼神猛烈送出「麻煩事儘管包在我身上」的訊息。

「嗯、嗯！沒錯啊，小桑！」

所以我也歡天喜地地用視線回答「謝謝，交給你了」。

哎呀呀，我差點就要在萬萬不可跨越的界線上忙得不可開交，但這下相信就不用讓小椿講出多生事端的事情了！

「小桑，我才講到一半！」

結果被賞了一記喬科維奇拿手的強勁回球！

這個人打長期戰實在是出奇地強悍啊……

「喔？說、說得也是……不好意思！妳們繼續聊！」

小桑～～！不要放棄～～！不要用這麼難過的眼神看我！

「嘻嘻。那麼，小椿，告訴我！」

完了……我，完了……

「其實啊，去年我的店生意差到幾乎要收攤，就在這個時候，花灑在我的店裡買了一大堆炸肉串。其實那一天是我開店以來賣了最多炸肉串的一天。從那一天以來，我的店生意就非常好，這大概也是多虧了花灑呢。畢竟花灑買炸肉串的時候還給了我建議，告訴我怎樣才會暢銷。他勸我：『不要只是炸出好吃的炸肉串，最好還要加強宣傳策略，例如配合客群來設計產品，以及想辦法讓大家知道東西好吃。』」

哎呀？本來還以為她講出來的話會讓我陷入遺憾的際遇，結果卻不是這樣啊。

沒想到她說起的回憶還挺正常……反而算是像樣的那一類。

聽她這麼一說，我才想起我還真的說過這樣的話。當時根本是想到什麼就說什麼。

「花灑說得沒錯，我好好努力讓更多人知道我們的店，也配合客群開發新產品，結果就增加了好多客人。從攤子到有店面，之後更壯大到可以開二號店。雖然花灑當時幫我想的文宣很糟糕，所以我沒照用，但我非常感謝他呢。」

嗯，這邊我也想起來了。當初她還說我寫文宣的品味是毀滅性的糟糕。

「是喔！說到這個，我知道『陽光炸肉串店』就是在去年的八月啊！原來都是多虧了花灑嗎！」

「嗯，你說得沒錯呢。多虧了花灑，讓店裡的營業額成長，變得挺有名的。所以，那天花灑付的錢，我到現在還當成護身符帶著。大鈔是已經歸到店裡的營業額，但零錢我就留下來當回憶嘍。」

咦？這好像是超級佳話吧？是那種會讓我的股價上升的故事吧？

看，小椿也一臉幸福地從口袋裡拿出護身符，再從裡頭掏出了五圓硬幣。

坦白說，我是完全沒印象啦……但多半就是那時我付的錢裡面的一部分吧。

「這是在祈禱我跟花灑還能『有緣』……嘿嘿嘿，我不太信什麼神，但似乎變得有點相信了呢。」（註：日文中的「五圓」與「有緣」讀音相同）

只是說實話，當時我買的炸肉串沒能交到小桑手上，甚至連自己也沒吃，一直餓著肚子。

最後我是全都送給了一群天真無邪的小朋友們，但這件事就別說出來吧。

遇到股價上升的機會，不應該做出會造成跌價的發言。

「哇～～！好溫馨喔！」

「嗚！我眼睛都被汗水淹沒了！」

喔喔！雖然不太清楚情形，但不知不覺間已經湊出了一個感動的場面了！

班上那些在偷聽的傢伙也露出像是有些恍然的表情。這樣看來，剛才的事件也意外地可以圓滿收場了吧？

「所以，當我走進教室，看到花灑的時候，真的嚇了一跳，想說願望真的實現了。所以我開心得按捺不住，就照爸爸教我的，對應該要效勞的對象親吻了手背，作為表達我忠心的證明呢。那種事情我還是初體驗，所以其實很難為情……」

小椿伯爵！不可以！不可以啊！不可以說到這麼多！

一旦妳這樣一臉難為情地說到這裡……

「花灑那小子……真會多管閒事……」

「他最近運氣會不會太好了？要怎麼辦？公審他？還是宰了他？」

我的評價會變得像沙漠一樣乾啊！

「我只知道花灑的名字，卻能夠像這樣和他重逢。雖然也許只是巧合，但我覺得這就是『緣分』。所以，我就想說我要盡力報答他的恩情呢。」

小椿帶著高雅的笑容，緊緊握住五圓硬幣，表明了自己的決心。

她明明是把我逼進沙漠的元凶，偏偏笑容卻又像是滋潤心靈的綠洲。

如果可以把我的評價也滋潤一下，那就太令人感恩了，但這大概是強人所難吧。

畢竟上課時間差不多要開始了，老師已經快要來到教室。

「啊，時間差不多了呢。那花灑，後續我們晚點再聊……嘍。」

「那我也回去了！」

「我也要回去啦！」

「好、好啊……」

我看著小椿、葵花、小桑，還有在偷聽的那些傢伙全都回到自己的座位後，獨自潛進了思考之海。

……這樣啊，原來小椿是感謝我，想抓住這個巧合對我報恩啊。

剛才的笑容和五圓硬幣的故事……該怎麼說，簡直像是在電視劇裡才看得到的劇情啊。

哈哈哈。這樣一想，就覺得好浪漫啊。要知道這可是現實中發生的事情耶。

她說這是緣分，我也覺得我懂這種感覺……不，我也認為是緣分。

可是，就因為她一開始做出了奇怪的舉動，我便不由得露骨地起了戒心……我一定傷到她了吧。

我真的是個沒用的傢伙啊……真的好沒出息。

可是，我也不能只顧著妄自菲薄，我有更該做的事情要做。

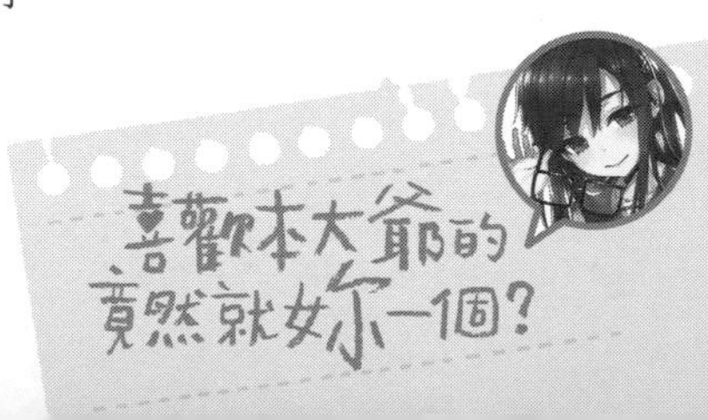

咦？你問我什麼事？……想也知道吧？就是對小椿道歉啊。
要怎麼道歉，我當然也都想好了。
只要接受她的心意，乖乖讓她為我效勞就好了。你想想，這樣我不也賺到了嗎？
要知道，是美女主動說要跟我一起耶。這不是棒透了嗎？
根本沒必要把我在班上的評價這種小事放在心上。重要的不是廣而淺，是窄而深。
比起交很多朋友，不如一小撮值得信賴的朋友。我比較想重視後者。
放心吧，小椿。我已經不會再對妳有戒心，因為我已經決定要好好相信妳了。

還真有人以為……………我會講這種話嗎～～～！

哪有可能！最好是會有這種事啦！不要小看了現實啊！
我絕～～～對不會上當！
突然跑來的轉學生其實是我以前見過的女生，而且湊巧分到我班上，來上一場命中注定的重逢，還說要對我報恩？
哎呀～這愛情喜劇可真美妙啊！真的是美妙到我都想吐了！
這種樣版式的幸福，怎麼可能來到我身上！要知道我可是個路人啊！
真要說起來，妳轉學過來之前就應該先看看這本書的書名！

要是妳對我有好意，那不就是書名標示不實了嗎！

………不，老早就已經標示不實了啊。已經來不及了……該怎麼辦好呢……

可、可是，不要上當！我要重新想想以前發生過的事！

某兒時玩伴和某學生會長邀我去約會，我懷抱著希望，以為可以跟她們其中之一交往，結果我有什麼下場？

我莫名得到了一種叫作戀愛軍師的絕望！

我好不容易克服這種困境，正要得到和大家一起和樂融融享受青春的美好日子，結果我有什麼下場？

我莫名淪為了身陷三劈疑雲，由下賤與雜碎濃縮而成的貨色！

怎麼樣？這樣你還敢要我相信？沒錯！辦不到！Impossible！

這樣的我，沒可能遇得上什麼像樣的愛情喜劇！說沒可能就是沒可能！

這點我敢斷定！小椿她絕～～對有什麼隱情！

例如其實是喜歡小桑才跑來接近我啦，誤以為我對不特定多數女生下手而跑來想給我個天誅啦，或是為了阻止某特定未來發生而跑來殺我啦，她應該就是暗藏了這種對我而言頂級的不幸！

真遺憾啊！妳這個半吊子愛情喜劇廠商！

不巧的是，大爺我可不是那種明明就哪兒也找不到這種人，卻偏偏要說自己是什麼「隨

處可見的平凡高中生」的那種貨色。也就是說，我不會一而再、再而三犯下一臉呆樣自己往麻煩裡鑽的愚蠢行徑！

所以，這種時候該採取的行動只有一種！看我拆穿妳真正的目的！

看我怎麼利用這堂課的時間來構思計畫！

總之，小椿說要為我效勞。

既然這樣，我就假意答應她這可疑的發言，進行各式各樣的調查！哼哼哼！

看我不擇手段，千方百計也要把妳查個水落石出！哼哼哼！

給我認命吧！哼……

「花灑！你從剛剛就一直發出很吵的呼氣聲，是在聞小褲褲的氣味嗎？……好噁。」

A子妳閉嘴，我對妳的小褲褲一丁點興趣都沒有。所以，晚點把東西交給我。

好了，先別理她，我要開始擬定計畫啦！哼……呴呴～

名稱就叫「查出小椿本意大作戰」！哼……呴呴～

哼哼哼。我等著看妳先前那老神在在的嘴臉會歪成什麼模樣啊。哼……呴呴～

＊

一到下課時間的同時，我就要踩著嚴肅的腳步走向小椿……結果她本人已經搶先出現在我面前。不愧是為我帶來不幸的魔鬼。

「好了，這次我就要為你效勞了。花灑，告訴我你的願望。」

哼哼哼，所謂飛蛾撲火，講的正是這種情形啊。

既然這樣，我就把上課中構思出來的計畫付諸實行，揭穿妳的真面目！

「那麼，就讓我帶妳在校內認識一下環境吧。妳應該還有很多地方不清楚吧？」

「咦？這樣會變成相反呢。」

喔喔？馬上就給我來上一份虛假的體貼啊。

別小看我了。看我仔細把妳的假面具一層一層剝下來！

「那妳就當作是在對我效勞，讓我帶妳繞繞。」

我這句沒有絲毫破綻的話怎麼樣啊？還不忘加上一臉酷酷的笑。

這世上沒有哪個女人會拒絕這樣的說法。

「嗯，好吧。可是，你這表情很怪，不要這樣。」

看吧？她沒拒絕吧？我真有一套。我再也不會露出酷酷的笑容了。

「花灑，你要帶小椿去認識環境喔？我也要去！」

「不，這也不用太多人去，我去就行了。」

葵花，我有事情要妳留在教室做啊。

所以，妳給我乖乖留在那兒冒泡吧。

「唔～～！只有花灑去好賊喔！我也要去！」

嘖，這是即將開啟講不聽死小孩模式的前兆啊。要是被她打開這個模式，我的計畫肯定會失敗。

要如何度過這個難關是非常重要的課題，但我當然無計可施。怎麼辦？

「葵花，謝謝妳。可是，有花灑就夠了呢。」

「既然小椿都這麼說了……我會忍耐。可是，晚點我們要說很多很多話，好不好？」

為什麼我這個兒時玩伴說的話妳不聽，剛認識的小椿說話妳就聽？

雖然她開口的確幫了我大忙，但總覺得有點難以釋懷……

「嗯，那當然呢。」

「太棒了！」

也罷。既然這樣，葵花啊，那我就來委託妳一件重要的工作吧。

「葵花，翌檜一副想跟妳說話的表情喔。」

「咦！那我去跟翌檜說話！」

「嗚！花、花灑……你挺行的嘛……」

津輕女，別以為這麼容易跟蹤我，妳的行動我早就瞭如指掌了。

好了，這下狀況已經完備了。任務開始！……我是很想這麼說，但在這之前……

「小椿，我帶妳去認識學校環境之前，有一個地方要注意，所以先跟妳說清楚。」

「什麼地方？」

「我帶妳認識環境途中，就算看到長椅，也千萬不要去坐。」

「咦？長椅？呃……這是為什麼呢？」

我唐突的發言讓小椿解除了撲克臉，露出瞪大眼睛的表情……可惡，好可愛。

可是，無論多麼可愛，只有這一點我不能讓步。

想想過去一再發生的不幸。不管什麼時候，那玩意兒都絕對會出現。

不管是公園、圖書室、校園、屋頂，那玩意兒在任何地方都會出現。

相信校舍內對那玩意兒來說，更是絕佳的獵場，愛怎麼擺就怎麼擺。

一旦坐上那玩意兒，我先前的努力就會徹底遭到粉碎，當場玩完。

「理由我沒辦法詳細說明。但是，只要我和女生一起坐在長椅上，就是莫名地會發生墜入不幸深淵的事態。所以，麻煩妳絕對不要坐下去。還有，萬一真的坐下去，也不要開口就要我也跟著坐下。還有，不要把頭髮捲著玩！」

「知、知道了呢……」

她在我熱烈的勸說下有些退縮，但似乎還是聽懂了。

呼，這樣一來，四個方針之一的「不和洋木坐上那玩意兒」似乎就能順利達成。

既然這樣，其他方針應該也能很乾脆地解決吧？

各位想想，尤其是不被 Pansy 知道的這一點，絕對需要小椿的合作……（震動）。

……奇怪了奇怪了？為什麼手機在震動？

『看是放學後還是幾時，詳細說給我聽喔。』

『遵命。』

為什麼已經拆穿了？她應該沒有方法可以知……

「啊，花灑！我先跟你說清楚，今天午休時間，小椿也要一起去圖書室！剛才我就把發生的事情全都寫在簡訊裡，解釋給 Pansy 還有 Cosmos 學姊聽了，所以不用擔心！」

原來事件不是發生在現場！是發生在簡訊裡！

「花灑，你不走嗎？」

唔唔唔！我很想一氣之下瘋狂抱怨葵花，但這件事晚點再說！我要忍耐啊！

「我都忘了。不好意思，讓妳久等啦。」

「不會呢。我很擅長等人呢。」

又給我來上這麼一句體貼的話……別以為我會這麼容易就上當！

「啊，花灑，你鈕釦扣錯了一個呢。」

出了教室，正走在走廊上，小椿立刻就展開攻勢了。

竟然一邊窺探我臉色一邊依偎到我身邊，幫我把鈕釦重新扣好……這攻勢太溫吞啦。

即使飄來一陣薄荷般的清香，我也絲毫不會心動。

「嗯，這樣就行了……那麼，我們要去哪裡呢？」
「我就先帶妳看看餐廳和福利社。」
「嗯。那就請你帶路了呢。謝謝你嘍。」
還不忘輕描淡寫地道謝，這可疑的女人也太有教養了吧。
這間學校不可能會有這麼懂得關心人的女人。
「我說花灑，有一件事希望你告訴我呢。」
「怎麼啦？」
要是妳敢問出我喜歡什麼類型的女生這種話，看我怎麼毫不猶豫地回答「波霸」。
「你說話口氣跟去年和我說話的時候完全不一樣，這是為什麼呢？」
結果和我的預測不同，但這問題可就問得ＮＧ了。坦白說，是屬於我不想被問的問題。
扣分當然要扣，但既然她好奇，我就說給她聽吧。
「我啊，一直到去年……應該說一直到今年四月，都在裝乖寶寶。」
「為什麼呢？」
「因為我想我這麼一個沒什麼優點的傢伙，與其用粗魯的口氣說話，還不如乖巧點會比較受歡迎。」
總覺得好像在告解自己的罪，心情很複雜啊……
「……對不起喔，我問了你不想說的事情。可是，我覺得你現在這樣比較好！」

妳從剛剛就體貼得很煩，我都被體貼飽啦。

真受不了……這哪來的大外行，對最關鍵的事情根本不懂。

要知道，我可是每天被一個叫作葵花的傻妞型騷貨寵壞了耶。

所以，既然發下豪語說要對我效勞，就不能沒有最低限度的騷。

如果是葵花，在來到走廊上的時候就會對我說：「花灑，我們朝餐廳GO！」還很騷……我是說很率性地抱住我的手臂。

要對我效勞，這就是基本中的基本！

連這點小事都做不好，還要我相信妳，那簡直是痴人說夢……咦？怎麼牆上貼了張告示說地板才剛打蠟……

「哎呀。地板似乎才剛打蠟，要是花灑跌倒就不好了，所以我就不客氣了。」

不會吧……小椿緊緊抱住我的手臂了耶。

啊，好猛啊，這招。為什麼女孩子的身體會這麼柔軟？我好心動喔～

「唔、唔呼喔……」

萬歲！這蠟也打得太巧啦！

「啊哈哈哈……這是我的初體驗之二呢。還是……有、有點難為情就是了……」

這、這怎麼可能！竟然在騷屬性上頭加了清純？

由這兩個本來絕對沒有交集的成分交織而成的清純型騷貨……這世上竟然真的存在！

好猛！在觸覺的甜頭上還加上了忸怩害臊的視覺甜頭！
這、這女的，竟然這麼輕而易舉就使出了葵花的向上相容招式！……不容輕視！
可是，這點本事還只是前菜！別以為抱個手臂就攻略得了我！
所以，給我再抱用力點！摟得更緊一點！嘿嘿嘿嘿……

「這裡就是餐廳。然後，那邊是福利社。」
我抵達餐廳後，一邊享受小椿身體貼著的感觸一邊明白地講解。
偶爾一失去平衡就能引得她用力抱住我，所以我的重心一直搖搖晃晃。
「這樣啊。午休時間會很多人嗎？」
「會，尤其福利社更猛。那些運動社團的傢伙會大批大批跑來，根本成了戰場。小桑是棒球社的王牌投手，運動神經又很出色，所以每次都輕而易舉就能買到，但像我就從來沒買到過什麼像樣的東西。雖然我運動也不會特別差，但也不是說很拿手啊。」
「嗯～～？花灑有什麼拿手的事情啊？」
「…………才沒有。」
每天在路人大道上邁開大步的我，哪可能會有那種東西？
「這樣啊。那就從現在學起嘍。」
「也是啦，但願如此。」

嗚！竟然還輕描淡寫地鼓勵我……這女的真令人作嘔！

「還有，花灑想去福利社買東西的時候叫我一聲，我會幫你買來。」

「……知道了。」

噗噗～～！妳這樣發言就答錯啦啊啊啊啊！

喂喂，小椿小妹妹啊，可不可以請妳不要突破了葵花就得意忘形？

我話先說在前面，這間學校裡還有一個比起葵花是有過之而無不及的女生耶。

這花容月貌、文武雙全而且品行端正的鐵三角強者，就是我們學生會長！Cosmos！

Cosmos可是很厲害的喔！每次我們吃午飯的時候，她都會做些好吃的東西來，分給大家吃！坦白說，截至目前為止沒有一次難吃！

雖然她有很多方面很廢沒錯，但就烹飪而言她可是超一流的！

也就是說，剛才那個發言，正確答案不是「我去幫你買來」，而是「我的便當分給你吃」才對！當然還得是好吃得不得了的便當！

大爺我可是屬於那種沒辦法把廚藝差的女人當成身分地位象徵來收編的類型！

剛才的發言讓妳的可疑度一口氣竄升啦！這女的果然肯定有問……

「啊，還有如果不一定要吃福利社的東西，我的便當可以分你。」

「……咦？」

「你看，我現在也帶在身上。要不要吃一根我炸的肉串看看？來，啊～～」

啊～～！她竟然把可疑度給消除掉了啊！

「啊，糟糕，這很燙，得先吹涼才行……呼～～呼～～……」

小椿天真無邪地往炸肉串呼呼啊！呼呼！

莫名有熱騰騰的炸肉串神出鬼沒地出現，塞到了我嘴裡！

好好吃！這可是店裡賣的水準啊！這也難怪！她家就是開炸肉串店的嘛！

Cosmos 做的菜固然好吃，但得自己動手吃。小椿做的菜好吃，而且可以讓她餵我吃。

真沒想到她可以如此輕而易舉就把學生會長的重要賣點之一給超越過去……

以後要是忘了帶便當，就找小椿商量吧！絕對要這麼做！嘿嘿嘿嘿……！

「眼前大概就這樣。要是有其他好奇的地方，我晚點再帶妳去看看。」

「嗯，不要緊呢。要是有什麼地方不懂，我會問你。謝謝你嘍。」

上課時間已經差不多要到了，所以我們正走在回教室的路上，可是……該、該死！這女的，根本沒有任何破綻！

這可不是完全不要求代價給我強迫推銷起善意來了嗎！

對我提供純粹的體貼，還若無其事做出超越葵花與 Cosmos 這兩大巨頭的驚人之舉。

說是理想的女主角也……是有點誇張啦。她就是獨獨缺了胸部。

「啊……」

這個時候，扶著我的清純型騷貨從懷裡拿出學生手冊翻了開來。
就距離來說是我比較近啊，既然這樣，這個時候就由我來……嗯？怎麼裡面有張照片？
這個身材火辣的大姊姊是誰啊？還請務必介紹給我認識。
「你、你看到啦？那是我媽媽大學時的照片。我們不太像吧？」
什麼～～！竟然說她是小椿的母親？DNA再怎麼惡作劇也該有個限度！
「我媽媽好像是高中畢業以後胸部才變大的……」
先不管為什麼大學時代的媽媽的照片會夾在學生手冊裡，這可不得了喔……也就是說，小椿高中畢業後也會……！未來發展性根本超群嘛！
「我、我說啊……小椿。」
「什麼事呢？」
我吞了吞口水，壓低自己的心跳頻率，同時手滑進制服口袋。
小椿可說已經無限接近理想的女主角，但還有一件事……在這所剩不多的時間裡，還有一件事可以弄清楚。
可是，這個她辦得到嗎？坦白說，難度可是高得不得了啊。
「麻煩妳收下這個。」
我沒出息地手發抖，把從口袋裡拿出的一張紙遞給小椿。
「……這是……？」

「唔。」

似乎是因為紙上記載的內容超乎意料，小椿露出狐疑的表情。果然不行嗎？

也是啦，我想也是。雖然遺憾，但也沒有辦法。再怎麼說，我都太貪心了……

「那我要開始嘍……」

什麼！真的嗎？……喔喔！小椿她臉頰微微泛紅，但雙手可不是擺得像是從頭上長出來的兔耳嗎！這也就是說……

「『主人～～♡今天我們要一起玩什麼樣的遊戲蹦？』」

呀吼～～！是我的收藏之一《跟小兔女僕來場嘿嘿嘿的遊戲會》！

「這、這樣就好……嗎？」

「完、完美……小椿，以後也請多多指教！」

「嗯，小事一樁呢……嘻嘻嘻。」

沒辦法！既然她做到這個地步，那就沒辦法了！

雖然……雖然知道這是陷阱，我就硬是配合她假裝上當啦！

要知道，就是那回事啊！既然反正都要下地獄，不如在下地獄之前把幸福享受個夠——之類的？

而且不是有句俗話說「死中求活」嗎？我認為這種想法也是很重要的。

這點各位可千萬不能誤會啊！啊啊！好討厭啊！唔嘻嘻嘻……

＊

一到下課時間的同時，我就要踩著雀躍的腳步走向小椿……結果她本人已經搶先出現在我面前。不愧是為我帶來幸運的天使。

「花灑，你午餐有準備便當嗎？如果沒有，我的便當你剛才吃過一點，看是要一起吃還是去福利社買午餐，你覺得哪個好？」

說到做到就是這麼回事。開口第一句話不是「我們一起吃飯吧」，而是先從擔心我的午餐開始，這是多麼體貼。慈愛的結晶就站在我眼前。

「不，午餐我有便當，不要緊。不好意思讓妳費心了。」

「這樣啊。那我想和花灑一起吃呢。要不要緊？」

真是的！被妳用這麼不安的眼神一看，我的人中都不知道伸到多長了吧（註：原文「鼻の下が伸びる」，人中拉長，形容男性色心大起時臉部鬆弛的模樣）～

「……好嗯！」

唔，原來我已經被沖昏頭，甚至產生幻聽，以為隔壁有人在說我啊。

這可不行啊。調節好人中長度之後，就以能力可及範圍的最快速度離開教室吧。

「當然，我會在圖書室吃飯，小椿也一起去吧。」

我這毫無破綻的一句話如何啊？還附上了陽光的笑容呢。

不可能有女人在我這種攻勢下還能拒絕。

「嗯，知道了。不過你這表情很糟，別這樣。」

看，她沒拒絕吧？我真有一套。陽光笑容我也不會再擺了。

胡亂加碼似乎就會變得「很糟」。我上了一課。

好了，那麼「為了調查」，午餐時間我也同樣委身於小椿的效勞行為吧！

真是的，多虧我是路人。畢竟這世上，人稱愛情喜劇主角的那些傢伙要是碰到轉學生對他們示好，多半都會窘迫地拒絕。我真的覺得那些人腦袋有毛病。

我可不一樣喔。我會誠心誠意，全力將對方的好意照單全收！

管他是這種事、那種事，還是哪種事，我都要徹底享受個夠！

「花灑、小椿！我們去吃飯吧！快點快點！」

葵花肩上背著球拍袋，面帶可愛的笑容跑來催我們。

她似乎心癢難耐，頭搖搖晃晃的，讓我有點想摸。雖然我會忍下來。

「也對，待在這裡也無濟於事，就馬上過去吧。」

當然我對葵花的這種催促也是舉雙手贊成。

既然A子跟她那些快活的紅人群伙伴從剛才就一直對我射來痛快的視線，那麼為了確保安全，迅速脫離現場就是不可或缺的行動。

我輕描淡寫地加快腳步，走出了教室。

「那我們就朝圖書室 Let's go！」

來到走廊上的同時，葵花就很興奮地用力抱住我的右手！

「為了避免花灑跌倒，我們還是手牽手呢……雖然有點難為情……」

小椿輕輕提起我的便當，同時忸怩地用力抱住我的左手！

是男人還讓女人幫忙拿東西？我才不管。

我剛剛決定奉男女平等為信條。

右有葵花，左有小椿，我就一邊享受這兩大美女的夢幻雙騷合演一邊往前走。

沒錯沒錯！就是這樣。就是要這樣啊！這才是我想做的事！

現在我的後宮正一步步紮實地完成！就讓我們昂首闊步，走向圖書室！哼哈哈哈哈哈！

「好了，這可以進去嗎？」

小椿代替雙手空不出來的我，打開了門。

怎麼看都不像是第一次來，熟練的動作讓我只能佩服。

喔，Cosmos 已經來啦？她在櫃台和 Pansy 說話啊。

「你們好，花灑、葵花，還有……妳就是轉學生嗎？」

辮子眼鏡版 Pansy 從櫃台平淡地打招呼。

我本來還以為她看到我這狀況，不會有什麼好話，看來倒也未必。

「洋木茅春。如果妳願意叫我小椿，我會很高興呢。請多指教。」

「是嗎？我是三色院菫子，也有人叫我 Pansy，不過妳想怎麼叫都沒關係。倒是……為什麼妳們會抓著花灑的手呢？」

嗚！我還以為她肯高抬貴手，看來我太天真了。

「嗯～～！因為好玩！」

「花灑跌倒就危險了，所以我扶著他呢。」

然而銅牆鐵壁的防守漂亮地擋住了 Pansy 的攻擊。

哼哼哼，Pansy，妳對我很毒舌，但對其他人就意外地好，這點我已經查清楚了！

「你看起來挺開心的嘛，花灑。」

「……也是啦，不無聊。」

「是嗎？那就好。」

我一瞬間心一涼，但看樣子是不要緊。

眼看她也不怎麼抱怨，站起來慢慢走向閱覽區。

既然這樣，我們也——

「呃、呃……花灑……這到底，是怎麼了？」

唔？才剛想說突破了 Pansy，結果卻換 Cosmos 咬上來了。

她模樣窘迫，視線在我兩側飄來飄去，最後固定在小椿身上。

「總、總覺得，你們好像感情非常融洽……」

啥？為什麼 Cosmos 要顯得這麼難過？這世上有些事情還真的是很不可思議耶～

……我可不會說這種話。

理由我當然猜到了！由於不是她本人直接說出口，我也不敢說絕對錯不了，但相信我的預測應該有九成是對的。

其實 Cosmos 在前幾天舉辦的本校傳統慶典——百花祭當中的某個節目，乘著舞台上一片黑，給了我一種大膽又美妙的甜頭……也就是對我做出了所謂親臉頰的行動！

從常理推想，女性應該不會對毫無好感的男性做出這樣的事情吧。

只是啊……Cosmos 那傢伙，從那以後就完全不提起那件事。

不管是在百花祭第二天，在之後我們五個人的慶功宴上，雖然曾經很少女地慌了手腳，但也就只是這樣。所以，我也什麼話都沒辦法主動提起。

要是我主動開口，結果卻弄錯，難為情的程度可不是只有臉發燙到冒火這麼簡單，而且 Cosmos 若是有她的想法才這麼做，那麼糟蹋她的用心也不妥當。

所以維持現狀。我是個路人角色，屬於怕事所以先拖延再說的類型。

「有點……寂寞耶……」

好了，遇到這種情形，愛情喜劇主角的主流處理方式不是沒發現對方的心意而瞪大眼睛，就是發現時回答得含糊不清，但對慾望忠實的可變式路人玩家（Mob Variable Player）……自稱綽號MVP的我，根本不打算這麼做。

各位聽好了，大爺我現在在班上的立場，就像沙漠一樣正逐漸乾枯，不，根本就已經乾枯了。

處在這種情勢下，雖然有著葵花與小椿這樣的綠洲存在，但只有這樣是不夠的。

大家應該懂吧？綠洲的泉水可以滋潤喉嚨的乾渴，卻無法平息飢餓。

也就是說，叫作Cosmos的果實必須存在！

人類是貪婪的生物。我就遵從這業力的引導，把Cosmos也加進我的陣營（後宮）！

來來，花灑同學，請說出能夠完美回答Cosmos的台詞！

「葵花是老樣子了，小椿是擔心我跌倒，所以抓住我的手。小椿，這位是學生會長秋野櫻學姊。這、這個……她長得漂亮，頭腦又好，是個有夠靠得住的人。」

我直視Cosmos的眼睛，絲毫不隱瞞事實，藉此來強調我的男子氣概！

接著再把視線移到小椿身上，有點害臊地稱讚Cosmos！

各位要問這一來會怎麼樣？喂喂，別催我嘛，答案馬上就會揭曉啦。

「被、被你這樣介紹，好難為情喔……呃，幸會，小椿同學……這樣叫妳可以嗎？我是三年級的秋野櫻，大家叫我Cosmos學姊。」

「幸會，Cosmos學姊，我是洋木茅春，叫我小椿就可以了。」

就像這樣，她們彼此間的介紹也順利完成，Cosmos 的心情也轉好了！
如何？這就是我這個ＭＶＰ現在做得到的最佳演出！
哼哈哈哈哈！勝利已經近在眼前！不，我已經贏了！我的後宮完成了！
也就是說，總算……真的總算要開始了！
大爺我……不，是全國男生都渴求不已的那種與美少女們混在一起大享豔福的好事！
真是的……今天的我到底是怎麼了？
說不定之後會來個大翻盤……哎呀，不行不行，總覺得去想無謂的念頭，現實中就真的會發生，還是別想了。危險的旗還是別豎起來最好。
我等到這段午休時間結束後，就要得到幸福。
「抵～～達～～！我坐這裡！」
小椿與 Cosmos 自我介紹完畢，我們走到閱覽區，葵花就放開我的手，在靠裡的右邊座位 Sit down。這裡是葵花固定坐的位置。
「花灑，我該坐哪裡才好？」
「那麼，可以請妳坐在 Cosmos 會長旁邊嗎？」
「嗯，知道了呢。」
我請小椿坐在靠裡正中央的 Cosmos 右側。
坦白說，我很希望她坐在我旁邊，但我右邊已經坐了 Pansy，左邊則預定由小桑坐，只是他要先去福利社買午餐，所以還沒來。

其實我滿心想叫右邊的女生讓開，但要是這麼做，我的死亡就會成為確定事項。

因此，這種時候就要忍耐。就一邊等小桑抵達，一邊閒聊吧。

「咦？葵花同學，妳今天為什麼帶了網球拍來？」

啊，這我也一直很好奇。Nice Cosmos！

「嘻嘻嘻！因為校際聯賽的預賽快到了，我才會一直帶著，這樣才隨時都可以練習！」

「葵花，不可以在圖書室練習網球，會弄壞書本。」

「我當然知道啦，Pansy！而且這球拍已經舊了，我正想說差不多該買新的了！零用錢我都有好好存下來！」

「比賽快到了，也就是說……葵花接下來練習會比以前忙？」

「嗯！小椿說得沒錯！從明天起，不只是放學後，早上也要練習！從七點到八點都要練習！練習！」

葵花說著從球拍袋裡拿出一把保養得很確實，但已經用得相當舊的球拍。

記得那是葵花國中時花光零用錢買的，還挺貴的耶。

她從一年級就非常活躍，而背後的努力就彷彿一一反映在這把球拍上，讓我忍不住看了過去。

「嗯？……怎麼啦，花灑？一直盯著我的球拍看。」

「沒有啦，我只是聽到平常三兩下就把零用錢花光的人竟然有好好存錢，嚇了一跳。」

「唔！我……該忍耐的時候就會好好忍耐嘛！」

我當然知道。我知道妳其實是該放鬆就放鬆；該認真就認真，為了自己熱衷的事情會非常努力。我真的好羨慕這樣的人。

我這個空殼子路人就是有著這種傾向，會羨慕擁有某些事物的人。

「喲！久等啦！今天我也贏得福利社火熱的戰鬥，買了午餐來啦！」

喔，小桑來啦？他雙手捧著的一大堆麵包大概就證明了他是福利社的勝利者。

他本人似乎覺得這話說得很妙，有點自豪地露齒微笑。

「喔！小椿也來啦！不好意思啊，讓妳久等了！」

他以豪邁的動作來到我身旁一屁股坐下，順勢就面帶笑容朝對面的小椿說話。

他這是在若無其事地關心第一次來的小椿，擔心她會緊張。他還是一樣那麼毫無破綻。

「嗯，不要緊呢。我也是才剛來。」

「哈哈！這樣啊！那我們都一樣是才剛來小組啦！」

嗚！不愧是棒球校隊的王牌，自然而然就說出帥氣的話。

嗯？這也就是說，我這個小桑的好朋友是不是也該自然而然說出帥氣的話，對今後的好感度才會比較……

「每個人都有拿手跟不拿手的事情喔，活像是狼狽穿著衣服在走路的花灑同學。」

咦？這個超能力圖書委員是在噴什麼莫名其妙的毒？

好了，那我就重新振作起來……後宮就要開始啦！

「啊，花灑，要吃我熱騰騰的炸肉串便當嗎？很好吃的。」

「花灑，要不要也吃吃看我的三明治？」

「我要。謝謝妳們，小椿，Cosmos 會長。」

「那麼，來，啊～」

「這！那、那我也要！啊、啊～」

真是的！我太幸福，舌頭都要融化了啦！

為什麼有錢人都要僱用女僕，這下我總算懂了。

就是因為可以像這樣全力撒嬌。我也要努力，好讓自己將來僱得起女僕。

「對了，Cosmos 學姊，三年級應該差不多要決定升學或就業志願了吧？有沒有什麼已經決定好要上的大學之類的？」

「我嗎？也對，我決定好了。考慮到老家的需要，我打算去念醫大。」

女醫這個字眼總覺得唸起來就色色的耶。

雖然一換成羅馬拼音，轉眼間就會變成時尚模特兒或是洗潔精（註：「女醫」的羅馬拼音為 JOI，讀音與日本時尚模特兒 JOY、洗潔精品牌 JOY 相近）。

「是喔！Cosmos 學姊家是醫院之類的嗎？」

「是啊。這個……也是啦，家父在醫院擔任院長。」

真有妳的啊，Cosmos！竟然在這個時候採用有錢人設定！不愧是我後宮的果實！

「也就是說，Cosmos 學姊家裡很有錢？還有別墅之類的？」

「自己講這種話實在有點難為情，不過沒有錯。別墅我們家也有……在山上。」

竟然不是海邊！一點都不覺得能在夏天的事件裡派上用場！

「呀喝！Cosmos 學姊好厲害啊！」

「也不是我厲害，是家父和家母，多方努力的結果……」

嗯？怎麼 Cosmos 的表情變得有點陰沉了？是不喜歡被問到家裡的事情嗎？

「順便說一下，我是打算把目標放在當上職業棒球選手！因為我最喜歡棒球了！」

不愧是小桑，立刻注意到 Cosmos 微妙的變化，主動改變了話題。

只是話說回來，醫生和職業棒球選手啊……用說的覺得很貼近，不過其實是高高在上的職業。

這兩條路我應該都走不了啊。雖然我本來就沒打算朝這些方向努力……

「花灑有沒有什麼將來的夢想呢？」

「我？目前我是想要女僕……我什麼都沒說。」

好險！我差點忍不住就要全力說出剛才想到的模糊夢想了！

「小椿，妳是想開炸肉串店？」

「嗯，也對。炸肉串也很開心，所以我打算繼承爸爸的家業，繼續努力呢。」

「…………這樣啊。總覺得好好喔。」

葵花要談將來是還太早，但現在她很熱衷網球，也努力想打出好結果。

Cosmos、小桑和小椿都有明確的夢想，也朝著夢想在努力。

而我除了想僱女僕的夢想以外，什麼都沒有。

這樣聽著他們談論，一比較看看，就覺得我真的是個空殼子啊。

……慢著，明明就還有一個人什麼都沒說。她又是怎樣？

「我說啊，Pansy……」

「當、新、娘、子♡」

當、妳、個、頭💀

吃完午餐後，Pansy 準備了六人份的紅茶，又從包袱巾裡拿出巧克力蛋糕放到盤子上，在桌上擺好。竟然連今天唐突決定要來的小椿的杯子都有……

她到底在圖書室裡準備了幾個杯子？

「嗯嗯～～！Pansy 的餅乾，今天也好好吃喔！對吧，小桑！」

「是啊！我人生中遙遙領先的最好吃餅乾第一名，就是 Pansy 的餅乾了吧！」

像這樣看著小桑吃 Pansy 的點心，總覺得鬆了一口氣。

畢竟他之前其實一直都很想吃，但都在客氣啊。

「喔？怎麼啦，花灑？你不吃 Pansy 的餅乾嗎？」

「嗯、嗯。不，我也要吃。」

我輕輕拿起一片餅乾送進嘴裡……還是老樣子，有著穩定的美味。

「花灑同學，好吃嗎？」

「……嗯，好吃。」

「你能這麼說，也就不枉費我為你努力烤餅乾。」

「不要只為了我努力，多少要考慮考慮自己。」

「這是我考慮過後的發言。你對我的了解還遠遠不夠呢。」

她其實也長得相當漂亮，所以明明不必盡是陪我耗，可以多去嘗試各種事情。

雖然她個性上多的是問題，但學業好，做點心又好吃，長得也漂亮，和我完全不一樣，各種受人歡迎的條件明明就應有盡有。

也許是有什麼苦衷啦，但就算是這樣……好可……

「…………嗯？」

我忽然留意到小椿莫名地一直看著我。

怎麼啦？這位效勞服侍者又要做些什麼來讓我高興了嗎？

真拿她沒辦法啊～那我就聽她好好說說吧～

「小椿，怎麼啦？」

「嗯。決定了呢。」

這樣啊！妳決定了啊！那太好了！……所以，妳決定了什麼？

「我說啊，Pansy、葵花、Cosmos 學姊。」

小椿猛然站起，以格外鎮定的模樣與嗓音對其他三人說話。

「什麼事呢？」

「什麼～～？」

「怎麼啦，小椿同學？」

說當然也是當然，她們三人都發出疑問聲。我和小桑也很有默契地瞪大眼睛。

就在這莫名其妙的氣氛下，小椿用力深吸一口氣。

「我要拿花灑當賭注，和妳們比賽！」

呃……這孩子滿臉笑容的，沒頭沒腦在講什麼鬼話啊？

「拿花灑當賭注？」「和我們？」「比賽？」

真有妳們的，Pa 葵 mos，這可不是三個人順利串起了一句話嗎？

「嗯，就是這樣呢！我今天一整天和花灑在一起，有了個想法，那就是花灑身邊只要有我就夠了！畢竟我已經知道就算沒有妳們在，我一個人也能讓花灑滿意了！所以，為了證明這一點，我要跟各位比賽！」

抱歉！可以請妳解釋得更清楚一些嗎？

「小椿，妳這話到底是什麼……」

「我希望花灑先閉嘴呢！」

「啊，好的。」

女生好可怕。

「聽好了，要是我贏，以後妳們就不可以繼續待在花灑身邊了！對花灑效勞的只要有我一個就夠！我會要妳們乖乖退出呢！」

「嘿嘿嘿，竟然要比輸贏，這可不是變得很有意思了嗎？花灑身邊的位子，我可不會讓出去！」

為什麼沒被挑戰的小桑這麼起勁？

啊，對喔，我都忘了他最喜歡比輸贏這一類的事了！是那種會整個熱血起來的類型！

「那麼，小椿，比的內容是什麼？板球嗎？還是樂樂棒球……」

「我希望小桑你也先閉嘴呢！」

「啊，好的。」

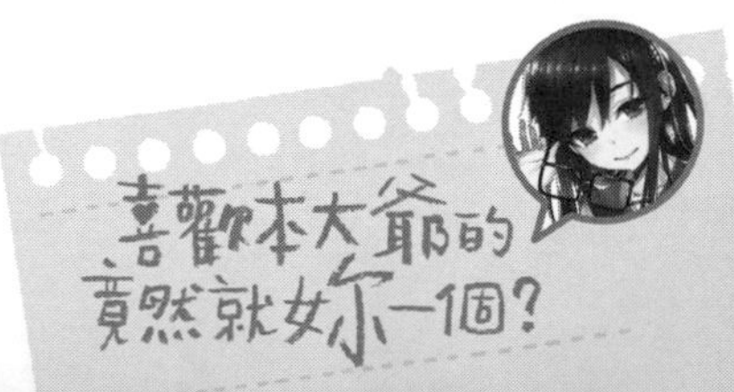

女生很可怕吧，小桑。
哎呀，小椿，真是的，竟然不知道打哪兒變出了竹籤，當作西洋劍似的指向三人擺好架式。這就是冒牌英國貴族式的戰鬥風格嗎？
「比賽的內容是『誰最能讓花灑開心』！日期就從明天早上開始！到時候，我會讓妳們見識到我才是最有資格為花灑效勞的人呢！」
這是什麼莫名其妙的比賽？什麼有資格效勞，我還是第一次聽到呢！
呃，可是等一下……總覺得這比賽內容聽起來，好像是個大有甜頭的事件？
不就是要決定誰最能讓我開心嗎？這不就表示後宮強化了？
「洋木同學，有件事我想問個清楚，贏的人會怎樣？」
「到時候，就可以在花灑身邊……要殺要剮悉聽尊便呢！」
等一下！這應該需要我同意吧！
「在花灑身邊？」「要殺要剮？」「悉聽尊便？」
妳們幾個真的感情有夠好！一句話接著說得這麼順！
「我跟。」「我賭了！」「我、我也要參加！」
怎麼妳們三個莫名一起換上了這種怪調調啊！而且還跟了賭注！
咦？這表示什麼？
等這四個人當中有人從對抗中獲勝，我就非得對她唯命是從不可？

這是怎樣啦！我有超級不好的預感耶！我應該是享受妳們效勞的那一邊才對吧！

「花灑，要是我贏了，你就不能再讓其他人為你效勞。」

啥！這表示葵花的騷還有 Cosmos 的飯菜都會消失？

不可以說傻話啊！虧我還想犧牲書名，得到幸福耶！

強制小椿路線，確定會造成後宮瓦解！

「呃、呃……小椿，這個問題我不太好開口，妳對我……這個……妳對我可有什麼戀愛感情之類的……？」

「你在說什麼啊？根本沒有人會對我這種是男是女都搞不清楚的女人產生戀愛感情，而且應該也很少人會對花灑你這種沒有夢想也沒有希望的男人產生戀愛感情呢。」

那真虧妳還會想對我效勞！

妳要對自己多點自信！還有，也給我一點自信！

「花灑花灑！我啊，比賽就快到了，必須晨練，沒辦法跟你一起上學！所以要是我贏了，你就要早起！還有，網球的晨練我們也一起練吧！」

早起為三億之損！這邊是在策劃殺人運動方案！

我哪跟得上妳的運動神經！光是早上的衝刺就讓我費盡九牛二虎之力啦！

強制葵花路線，確定將招致身體上的死亡！

「呃……跑步、撿球，加上揮拍……啊！順便再加上伏地挺身五百次吧！」

順便裡的東西也太主軸了吧！又不是買投票券送CD！

「花、花灑同學，那個，我考慮到你的將來，覺得你最好還是去優秀的教育機構！所、所以，那個……跟我上同一間大學，你覺得如何？就、就是啊，如果我贏了，我會貼身教你功課……好不好？」

這邊是殺人頭腦方案！這種學習法絕對很要命啊！

而且還要持續到考完……已經不只是不妙，是恐怖！超可怕的！

強制Cosmos路線，確定將招致精神上的死亡！

「得、得趁現在，想好要用什麼樣的學習法才行！」

收起妳的筆記本！不要第一行就寫一天念書二十三個小時！

「花灑同學，你不用露出那麼不安的表情。我呢，只會對你提出這些請求。」

話說Pansy不知道打哪兒拿出一張紙，交給我……

呃，我看看。上面寫說……「要花灑同學做的事情清單」？

「一：稱三色院菫子為菫子。」

「二：在圖書室時隨時都要牽著手，一天說一次甜得令人心神蕩漾的話。」

「三：從二十一點到二十二點都要講電話（直接見面亦可）。」

「四：每週約會八次。」

妳知道一週只有七天嗎？這可是全世界共通的。

強制 Pansy 路線，確定將導致社會性的拘束！她什麼時候準備好這種東西的？

「我突然充滿了鬥志。」

Pansy 不知從哪兒掏出太宰治的《女人的決鬥》，難得顯得意氣風發。

記得那是個到最後大家都死掉的故事沒錯吧？

「不、不用啦……何必做這麼誇張的事情呢？」

我畏首畏尾地表達意見，但只淪為馬耳東風。

直到前不久都還在建構開心的後宮，現在卻已經絲毫沒有那樣的氣氛。

不知不覺間，我的後宮已經瓦解，後宮成員（還有某個怪女人）互相狠狠瞪視，激盪出熾烈的火花。這是想拿芥川獎嗎？

「這場比賽由誰獲勝，就請花灑來決定吧！明天，比賽結束之後，花灑最希望誰陪在他身邊，那個人就是贏家！只是想也知道被選上的一定是我就是了！」

這個，不能現在決定嗎？根本就可以不用比賽吧？啊，不行是吧？

各位全都充滿了鬥志呢。

「「「「就拿花灑（同學）當賭注，比個高下（吧／嘛／了／嘍）！」」」」

我是在哪裡豎起了無謂的旗呢？真可謂世事無常。

*

所以呢，各位久等了。序章的後續終於要開始啦。
現在是放學後，地點在圖書室。
「——以上就是今天發生的事。只是話說回來，進行到一半妳就開始在場了。」
「是嗎？」
放學後，我對 Pansy 解釋之前那些事情的來龍去脈。
順便說一下，現在圖書室裡只有我們兩個人。
小桑和葵花去參加社團活動，Cosmos 是學生會長，小椿說要去忙準備開店，他們放學後都各自有事情要忙，所以不在這裡。
「嗯唔！痛……」
我喝了一口紅茶，就弄得左臉頰十分疼痛……該死的部江田。
他口氣文靜，力道可一點都不文靜。不愧是橄欖球校隊的。
「也就是說，花灑同學有了與外表成反比的自信，半推半就地接受了洋木同學的好意，結果就是把我們給牽連進那場鬧劇了？」
也就是說，不怎麼有自信的我，外表相當出眾？
我本來還以為她會對我噴毒，沒想到偶爾也會講點好話嘛。好，就來罵罵她吧。
「什麼叫作鬧劇？這對我可是攸關死活！而且妳不也跟了那場比賽！」

「攸關死活？如果你真的這麼想，勸你最好改變想法。」

「妳這娘兒們說什麼鬼話！」

「一群女生為了一個男生要拚個你死我活，這不就是一場只有你會得到好處的無聊比賽嗎？換作是平常，我絕對不會跟。」

「給我等一下！贏了這場比賽的人明明就可以得到對我為所欲為的莫名其妙特典！我根本就沒賺到！」

「也是。如果真是這樣，的確不會賺到，但花灑同學你早就想到了可以讓自己最賺的方法耶。」

「啥……？妳在說什麼鬼……」

「你早就想到把比賽結果說成『平手』，讓比賽不了了之的方法。」

「嗚噁！」

Ｏｈ！被她看穿啦！

「果然。我就知道。」

Pansy 這女的，竟然搶在前頭毀了我暗中想好的比賽結局……

「光是看到你聽了洋木同學提出的勝利者條件後卻沒阻止這場比賽，我馬上就猜出你有了這樣的打算。畢竟她的發言會毀了你拚命努力才維繫住的『與大家的寶貴關係』，你當然不可能會容許這種事發生吧？」

「這、這個……」

「可是，你又不能讓洋木同學輸掉。畢竟只要有她在，你就不必說出明確的答案。所以，你不阻止比賽。不，是無法阻止比賽，對吧？」

「……明確的答案？」

總覺得這點也已經被看穿了，但眼前還是先抗拒一下。

「是啊，就是這樣……在花舞展嚐到了美妙甜頭的花灑同學。」

一切都Ｏｈ……被看穿啦……

「…………為什麼妳會知道？」

「剛才的午休時間裡，她本人自己告訴我的。順便告訴你，當時她還對我宣戰：『這次我會只靠自己的力量努力，所以不會輸妳。』你放心吧，她說過我可以告訴你沒關係。」

「是這樣喔？」

原來午休時間，她們在櫃台談的就是這件事啊。

她也真是一板一眼，竟然還特地主動告訴Pansy。

而且還說這次要只靠自己？也就是說，她不會找任何人商量……？

「還特地問清楚洋木同學的心意，確定她的行動原理是『感謝』，你真的很沒出息。不用一一問清楚，看也知道吧。」

「少囉唆！」

總難免有個萬一吧！萬一！
告訴妳，我偶爾也會有順利……順利那個的時候！
「對現在的你而言，洋木同學和葵花是不可或缺的，她們會為了感謝與友情而給予你好意。畢竟只要有她們在，遇到發自『別種心意』的好意時，也就可以拿來當作藉口。」
才想說午休時間她怎麼這麼好說話，竟然是給我分析起這種事情來了……
真沒想到她竟然早已掌握得這麼徹底……果然這女的才是最棘手的。
「這就是害怕拒絕好意也許會傷害到別人的你特有的手法吧。我話先說在前面，這可不是體貼喔，就只是在逃避。」
「…………妳既然知道得這麼清楚，為什麼還跟了這場比賽？」
「因為洋木同學的想法跟我很像。雖然有著根本的差異，她是為了你，而我是為了我自己，但想做的事情都是一樣的。」
「啥？這是怎麼回事？」
「你手按在你膚淺的胸口上捫心自問吧。」
「……呃，妳這麼說我也聽不懂……」
「我的意思是要你自己想想，只想維持現狀的膽小鬼花灑同學。」
這、這個臭女人！講了一大堆莫名其妙的話，最後還一如往常地對我噴毒！
真的有夠火大……但、但她的話太一針見血，我什麼話都說不出口……

Pansy說得沒錯，我從聽到比賽內容的時候，就在情急之中想到：只要好好利用規則就能維持現在這種不上不下的狀態，把問題延後，所以並未阻止比賽。

可是，會弄成這樣也是沒辦法好不好？

我是個當不上主角的路人，所以希望維持現狀的後宮持續下去，又有什麼關係？

這種不上不下的樣子，不是很有我的風格嗎……

「希望從明天開始的這場比賽，你不要說成平手，好好決定誰才是第一。」

「…………好啦。」

被她說成這樣，我卻照樣說成平手……這我實在是辦不到啊。

唉……果然一被她知道，事情就弄得很糟糕。真的是，該怎麼辦才好啊……？

「然後呢，花灑同學。我今天有東西要交給你。」

「啥？」

她是怎樣？突然從書包裡掏出一本格外舊的書。

「來，請拿去。」

「喂、喂……不要沒頭沒腦地塞給我。而且這本書是怎樣啦？」

「是我的寶物。我非常喜歡這本書，所以希望你也看一看。」

「為什麼？」

「我想要有跟你共通的話題……不可以嗎？」

「……我看書可沒那麼快，不知道幾時才會看完。」

「這樣就好。等你看完了，務必告訴我感想。」

我還以為 Pansy 給我東西是要讓自己在比賽中變得有利，但看樣子是我誤會了。

如果是那樣，她應該會把刺針老弟附上，要我「明天以內看完」之類的。

這也就表示她純粹是想跟我擁有共同的興趣，好炒熱氣氛？

……那我就借來看看吧。

「妳可別對我的感想懷抱什麼期待。」

「那當然。我的期待只和假設夏目漱石的未發表作品即將公開時差不多，你放心吧。」

「明明就有夠期待！妳也太期待了吧！」

感覺就像想請人放低跳高的橫桿，橫桿卻被拉高到撐竿跳的高度。

而且我沒有竿子可以撐。真想請她放我從橫桿底下鑽過。

「好了，圖書館的閉館時間快到了，我們回去吧。」

Pansy 正好就在談話結束的時機淡淡起身，快步來到我身旁，用力握住了我的手。嗯。她在搞什麼？

「喂，妳為什麼握我的手？」

「是考慮到開心以及顧慮你安全的結果。」

「開什麼玩笑，這樣很煩，趕快給我——」

「你自己說開心的。」
「什麼？」
呃，我一點也不覺得開心，這女的到底在說什麼鬼話？
「今天午休時間，我不就問過嗎？問說你這樣手牽著手看起來挺開心的嘛，結果你就說不無聊。也就是說，由我來牽你的手，也沒有問題吧？」
原來她是指我和小椿還有葵花手牽著手來到圖書室的那件事！
這女的，當時我就想說她怎麼完全不抱怨，原來是為了現在這一步鋪路啊！
「開什麼玩笑，趕快給我放……喔喔……」
「這樣你是不是就沒有意見了呢？」
不要突然摘掉眼鏡！光是這樣，我的視線就會釘在妳臉上移不開！
啊啊！可惡！有夠可愛的啦！……等等，不對啦！
「笨蛋！在學校的時候要戴著啦！妳的臉被人看到會很不妙！」
多虧小椿轉學過來，讓風頭平息下來，但我們學校確實有著一個很不妙的動向。妳明明就徹頭徹尾是這個動向的當事人，看妳現在做的好事！
「哎呀，說來還真有過這麼回事呢。」
Pansy 看到我慌了手腳的模樣，嘻嘻笑著把眼鏡重新戴好。
一戴上眼鏡的瞬間，她就變得不可愛了，但先前的模樣已經深深烙印在眼底，讓我很傷腦筋。

「何必那麼害臊嘛，你就是臉皮薄。」

「少囉唆……妳為什麼突然摘掉眼鏡？」

想來多半是我的行動之中包含了某種讓 Pansy 心情好的成分，但我完全不明白是什麼地方讓她高興。

「因為發生了一點點開心的事情。」

我就是在問妳到底什麼事情開心啊。

後來，我們離開學校，兩個人一起走在回家路上，Pansy 以莫測高深的眼神看著我。

是在抱怨我們沒牽手嗎？

「我說花灑，我對洋木同學有一件事很好奇。」

雖然和我所料不同，但她聲調和平常不同時就必須小心，基本上不會有什麼好事。

「好奇的事？是什麼事啦？」

「洋木同學來這裡之前，是待在哪間學校？」

「不知道。我從小椿口中聽到的，剛才全都跟妳說了。」

「……是嗎？」

奇妙的停頓讓我覺得不對勁，朝 Pansy 臉上一瞥，發現她醞釀出一種從平常無法想像的

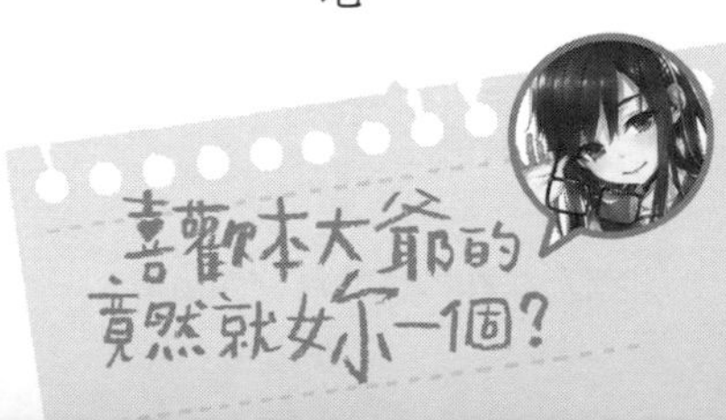

沉重氣氛。她會有這樣的態度，還真是稀奇啊。

「妳想知道她之前讀哪間學校？」

「是啊。不然我怎麼會問你呢？」

「為什麼妳會好奇這種事？讀哪間學校都沒差吧？」

「有差。如果她和我討厭的人讀同一間學校，現在仍和那個人有來往，我就會為難。」

哎呀，這可更稀奇了。Pansy 口中竟然跑出「討厭」這兩個字來了。

會這麼光明正大說討厭，想必她真的非常討厭這個人吧。

竟然和 Pansy 為敵，這個人還真是不怕死。

雖然不知道是誰，姑且還是祈禱對方九泉之下能夠含笑吧。

「那我明天就去問問小椿。倒是她待過哪間高中會讓妳為難？」

「是唐菖蒲高中。」

「……竟然是唐菖蒲……高中？」

「怎麼了嗎？」

真沒想到會從 Pansy 口中聽到這間高中的名字啊。

我無法判斷這是偶然還是必然，但至少我也跟著多少煩悶了起來。

「……別在意。只是我討厭的傢伙也讀那間高中而已。」

說是討厭，但我的情形是我自己惱羞成怒就是了。說來很沒出息。

「我想也是。」
不愧是超能力者，轉眼間就篩選出了我討厭的人是誰，一副想通的模樣。
「該不會妳討厭的人也跟我一樣？」
「很不巧，不一樣。不過我不會告訴你這人是誰。」
她說不告訴我，說穿了就是不想說吧。
該怎麼說，最近我漸漸愈來愈讀得出 Pansy 發言的意圖，讓我覺得自己很可悲。
換作是兩個月前的我，一定聽不懂吧。
雖然不想懂，但不懂又會導致下場更悲慘。
所謂進也是地獄，退也是地獄，講的實實在在就是這種情形啊。

在我身上肆虐的善意風暴

第二章

「早安，花灑。」

「……嗯？嗯嗯？」

我一醒來，就被映入眼簾的光景嚇得當場定格。

這到底是什麼狀況？

「小、小椿……為什麼妳會……在我床上……？」

「那當然是為了對你效勞呢。該不會，給你添麻煩了？」

她露出惹人憐愛的笑容，身披冒牌貴族似的胭脂色性感襯衣，由下方看著我的眼神既不設防又充滿破壞力，真的是膚色情色形形色色。

「不、不會……是不會添什麼麻煩啦……」

「那太好了呢。嘻嘻嘻嘻。」

小椿甜美的嗓音透過耳朵慢慢進到腦裡。

同時還把頭碰上我胸口，這模樣讓我的腦袋真的 Confusion。

我想讓雙腳在床上掙扎亂動，但碰到小椿就不好了，所以我忍了下來。

喂喂，可以有這樣的事件嗎？

我是有聽她說過要對我效勞，可沒聽說我一起床就會發現她在同一床被窩裡頭 Good

morning 啊……

「啊，花灑早上都會沖澡嗎？是的話，我可以一起進去，幫你洗背……」

什麼～～～？等、妳……妳說什麼鬼話啊！

「真、真的假的……？」

「嗯。算是我的初體驗之三呢。雖、雖然很難為情……但我會加油呢。」

小椿害臊地點了點頭，在浴室裡把手放到自己的衣服上，這時忽然注意到了什麼，來了個向後轉。

「可、可以請你轉過去一下嗎？一直被盯著看，我有點……」

「啊！不好意思！」

哎呀，不行不行，說得也是啊。那我也跟著來個向後轉。

之後再把頭向後轉。這樣就可以看個清楚。

哇！背有夠漂亮的！

要是我詞彙再豐富點，就可以講出什麼肌膚如冰雪之類的形容，但可悲的是我只是區區一介高中男生，沒有這種形容能力。超漂亮。完畢。

……奇怪？會不會不太對勁啊？我們什麼時候從床上移動到浴室了？

哎呀呀呀呀？為什麼都還沒泡進浴缸，小椿的身體就已經有點濕了？

而且總覺得頭髮長了點，胸部也大了點……

「呼～這樣就準備完成了！你也準備好了喵～？」

小椿脫掉身上穿的性感襯衣，甚至連內衣褲都脫了，情緒非常亢奮地對我問了一聲。

不妙……我現在才發現，我脫衣服可不太妥當。

要知道，我的花灑正全力加油。早啊，蠢材。

「啊，呃……我看還是不要好了吧？這樣我們彼此都會不好意思吧？」

我一邊彎腰，一邊對這個格外有精神，有點像大學女生的美女提議。

我的確有想一起洗澡的慾望，但這種時候終究是羞恥蓋過了慾望。

「不要緊啦。根本就沒有什麼理由好害臊的啊～！因為……」

「因為？」

「我們是母子嘛～！」

「是聖母～～！」

嚇、嚇我一跳！真的嚇了我一大跳！我整個人立刻彈了起來！

順勢慌忙地朝四周看了看，發現是在我房間！真的是太好了！

「呼～！呼～！竟、竟然是夢喔！」

我在作什麼鬼夢啊！真的對心臟很不好！啊啊，嚇死我了。

「…………」

我下了床，查看自己的狀態。

我就待在自己平常待的房間，穿著平常穿的運動服。和平常不一樣的……大概就是明明才剛睡醒，我的花灑卻垂頭喪氣吧。晚安，我的世界。

「嗯？」

奇怪，我放在桌上的手機竟然給我奏著輕快的來電鈴聲。

這……不是鬧鐘啊。才六點。竟然這種時間打電話來，會是有什麼急事嗎？

「……喂？」

『早安，花灑，你是不是還在睡？』

「咦？不，我醒了。呃……是小椿嗎？」

『嗯，你猜對了呢。』

我一直到剛才還夢見她，所以只聽聲音就忍不住在腦子裡播放她的身影與性感襯衣。

「怎、怎麼啦？這麼早打來。」

『算是打個 Morning call，以免花灑遲到呢。等一下要不要一起去上學？』

「啥？」

『咦？你沒聽見嗎？』

呃，我聽得清清楚楚啦。

就為了跟我一起上學，特地在早上六點打電話給我？

不，她說這也兼 Morning call 啊。雖然我平常是七點起床就是了……

「……知道了，無所謂。」

『真的？太好了呢。』

「好啊。那我們幾點會合？」

『隨時都可以……幾點都行呢。只要花灑準備好，就儘管走出家門呢。』

她到底在說什麼鬼話？

「啥？那妳要怎麼辦？妳又不知道我幾時出……」

『我知道。為了方便因應任何狀況，我現在就在你家門前待命。』

「…………」

我走向房間的窗戶當中不是通往陽台那邊，而是可以查看外界情形的那扇窗，微微抓起窗簾。

然後就這麼往外一看。

『啊，發現花灑。早安。』

還、還真的在！錯不了！

穿著我們學校的制服，體脂肪率那麼低的女生，除了小椿以外……

『花灑，你是不是在想什麼很失禮的念頭呢？』

「妳想太多了。我是在針對『瓶』裝的牛『乳』思索。」
『這樣啊，那就好。那麼，我就在這裡等嘍。』
「啥？喂、喂！等……怎麼給我掛斷了！」
真的假的！難不成是為了連上學途中也要對我效勞才這麼拚命？
這真的是找麻煩！早成這樣，真的讓我很為難。
沒辦法……就趕緊收拾收拾，出門去吧。
「哎呀？雨露，你今天這麼早起？」
我迅速換上制服，拿起書包走到客廳，就聽到老媽說話的聲音。
我再度想起那個夢……差點就心動起來，還好捲髮和濃妝幫忙阻擋。
謝謝妳，老媽。請妳永遠都要當平常的老媽。
啊，老爸也還沒去上班啊？他看著電視新聞，默默吃著飯啊。
「不、不好意思，老媽！今天我不吃早餐也不帶便當了！我已經要出門了！」
「咦咦～～！我都已經開始做了啦！」
……不妙啊，老媽為難的聲音成了開關，讓老爸雙眼精光暴現地朝我看過來。
「……雨露，這種重要的事情，你昨天就應該說了。」
「對、對不起……」
我老爸平常很穩重，但一生氣就挺可怕的。

基本上他是個最愛家人的人，所以對看輕家人的行為會很嚴厲。

「……桂樹，雨露便當的飯菜，加給我沒關係。」

「可是，這樣會非常多耶，不要緊嗎？」

「……我算是挺會吃的。因此，沒問題。」

「呀～～！人家最愛你了～～！」

好了，客廳裡上演的我家父母談情說愛場景應該沒有任何市場需求，所以就出門去吧。

我擺脫雙親發出的粉紅氣流，走向玄關。

哎呀，糟糕糟糕，出門前得好好打招呼才行。

「那、那我上學去了！」

「慢走～～！雨露！」

「……慢走。雨露，路上小心車子。」

我走出家門，才剛喘口氣，就看到一名美少女對我露出滿面微笑。

「嗨，你好早啊。」

只有妳沒資格說我。

「畢竟也不能讓妳等太久啊。而且妳為什麼這麼一大早就來？」

「我不知道你平常是幾點出門，所以就想說安全起見，早點過來。」

不是什麼事情都求安全起見就好。
要知道我家到學校只有徒步十五分鐘的距離啊。至少希望她等七點左右再來。
「而且，從今天起比賽也要開始，我會努力呢！」
噢，是這麼回事啊。所以小椿才會這麼早來，想對我展現鬥志？
唔……這場四個女人之間展開的「討我歡心比賽」可說有一半是憑著一股衝動開始的。
我暗自策劃的「說成平手讓比賽不了了之計畫」已經被 Pansy 漂亮地擋了下來。
也就是說，我非得決定誰是勝者不可。坦白說，我相當為難。
畢竟不管選誰，等著我的都只會是地獄，而且還有一件事讓我掛心不下。
那就是昨天 Pansy 所說的「小椿想做的事情和我一樣」。
雖然不知道這當中到底有著什麼圖謀，但我滿心只有不好的預感。
「奇～～怪咧？是花灑！早啊！」
「痛死啦啊啊啊啊！」
這種劇痛是怎樣？雖然每次我的背都會被她狠狠拍上一記，但這次威力明顯比平常更強，已經不只是痛，是會燙了！
「花灑花灑！你為什麼這麼早就在這裡了？該不會是你要配合我晨練的時間？嘻嘻！謝謝你！啊，花灑好像也很高興！」
妳出局了！葵花出局！我只是偶爾早點出門就自己會錯意，還加強拍背威力的女人，我絕對不要！我的表情當中哪裡有開心的成分？

「這、這可被擺了一道呢……可是，接下來我會挽回失分呢……」

妳可不可以不要擺這種震驚的表情？

為什麼我們的交流只有昨天一天，妳卻會覺得我被拍背會高興？

「葵花，從以前我就說過，不要突然拍我的背！還有，我這麼早出門是因為小椿來接我！才不是為了妳！」

「這樣啊！可是，我們可以一起上學對吧！我好開心！」

我一點都不開心。而且比賽都已經開始了，妳好歹也努力點讓我開心。只是話說回來，妳已經確定會落敗就是了。

「小椿也早！」

「嗯，早啊，葵花。雖然我被妳搶先了一步，但是比賽離結束還很遠呢。」

不要緊的，小椿，葵花領先的這一步，已經讓她出局了。

接下來除非她做出什麼不得了的事情來敗部復活……【抱！】

「那就我們三個一起上學吧！真讓人期待耶，花灑！」

復！活！日向葵復活！

這擁抱是何等甜美，簡直像十四公斤的糖水一樣甜。

啊，小椿，我的右手還空著，隨時歡迎大駕光臨。

「接下來要贏過葵花……得小小想一想了呢。」

不要想，要去感受！現在，妳只要抱住我的右手，就可以拚個難分難解。

啊，不行啊。小椿同學開始一個人唸唸有詞了。

等一下，有沒有誰可以幫我在通學路上打個蠟？

「花灑花灑！從今天起就是六月了喔！」

我們三人開始行進十秒鐘，葵花就加重了抱住我手臂的力道，增加了三成的笑咪咪，還用閃閃發光的眼神發布消息，要我猜猜看她為什麼這麼高興。

噢，說到這個我才想起六月有那個事件啊。

還好我記得。要是忘記，多半會被她罵「虧我們從小就認識！」吧。

「也對，是三十日就有葵花生日的六月啊。」

「嘻嘻！謝謝你都記得這麼清楚！」

我漂亮地講出正確答案，讓葵花的笑容更增加了五成。

抱住我手臂的力道也有所增加，讓我變得想祝福今天這一天。

「聽我說聽我說，今年也會在我家辦慶生會！所以，花灑你也要來！還有，我想要生日禮物！」

不愧是葵花。

完全沒有讓男人出錢養的自覺，但就是會讓男人出錢養。

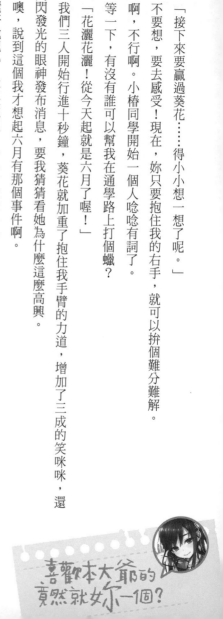

雖然我當然會出錢就是了。

「好啦。妳想要什麼？」

「呃……嗯……」

葵花露出雀躍的笑容，把頭左右擺動，所以頭連連撞到我的肩膀。同時葵花特有的柑橘類清爽香氣刺激著我的鼻子。

她這些舉動不懷心機，所以才說傻妞型騷貨很可怕。

「對了！花灑，我想要護腕！」

「護腕！怎麼突然會想要這種東西？」

「因為網球比賽就快到了，我比賽時要用！我現在用的已經破破爛爛了嘛！」

說到這個，記得她昨天也說過類似的話啊。

說網球拍已經舊了，想買新的。

然後，因為球拍很花錢，沒有錢可以買護腕是吧？

是這樣的話也沒什麼關係。以禮物來說，護腕也算是平價，在容許範圍內。

然而，可是——

「網球比賽不是在妳生日之前嗎？」

「嗯！所以，在比賽前先送我！」

妳這個討禮物高手，被妳用這麼可愛的笑容一討，我哪裡還能拒絕？

「…………不行嗎？」

「不會不行。那生日當天我可要去妳家吃霸王餐。」

「太棒啦！我最喜歡花灑了！」

既然這樣，就挑下次放假之類的日子去車站附近的運動用品店買一買吧。

如果可以，我是想把葵花本人也帶去。但到了比賽前，就算是假日大概也要練球吧。

像今天她都為了晨練而提早出門，總不能妨礙她練習。就一個人去吧。

可惡，不久前還有賣喬科維奇在法國網球公開賽穿戴的商品耶……

「那妳想要怎樣的？」

「花灑覺得好的！」

……又來這招？

每次葵花要我買東西給她都是這樣。

之前我想設法讓她說出來，但她就嘟起臉頰堅稱：「我就是想要花灑覺得好的東西！」

除此之外什麼都不說。

去年她說想要涼鞋，我送了她一雙綠色的涼鞋，她似乎就不滿意，表情變得有點凶，讓我留下深刻的印象。雖然她還是都有在穿就是了。

「知道了。可是就算不滿意，妳也別抱怨啊。」

「我才不會抱怨呢！」

會表現在臉上就是了。

「……啊，我想到了呢。花灑。」

就在這時，先前一直忙著自言自語的小椿對我開了口。

「嗯？怎麼啦？」

「希望你把書包交給我呢。」

她指著我的書包，連連打手勢要我交給她。

原來如此。她為了讓我高興，要幫我把東西拿到學校去啊？

可是，這有點尷尬啊。女僕的確會幫忙拿東西，但這樣就變得有點像是跑腿的。

我雖然從昨天起就決定奉男女平等為信條，但這個時候還是以男性尊嚴為優先吧。

「我自己會揹，不用了。妳的好意我心領了。」

「為什麼呢？」

小椿似乎沒料到我會有這樣的發言，眉毛一顫，露出不安的表情。

「昨天你就讓我幫忙拿便當盒……莫非，你討厭我了？」

才沒有這種事！完全沒有！妳這種不安的表情超可愛的啦！

「我才沒有討厭妳。只是，書包不管大小還是重量都和便當盒完全不一樣啊。而且，男生讓女生幫忙拿書包，那多遜啊？」

「這樣啊。既然不是討厭，那就太好了呢。」

喔喔，我真是個 Nice guy 啊，看我說得小椿表情一亮。

簡直像太陽一樣……總覺得這樣講就會想到小桑，愈想愈悲哀……

我不是才剛在夢中反省過嗎？就好好讀一讀跟 Pansy 借來的書，增加點詞彙吧。

「可是，既然這樣就不要緊。你本來就很遜，所以不必放在心上呢。」

嗯，我知道了，我不會放在心上的。這下我有更需要放在心上的事情了。

「所以，交給我，我幫你揹。」

「不，就說不用了，我自己揹就好了。」

我想維持最低限度的帥氣，拒絕了小椿的催促。

我這年紀的男生就是會想用行動去彌補其貌不揚的問題。

「你莫非是為了我才這麼說？這種情形，叫作傲嬌喔。」

「哪有可能？我只是想自己揹書包才說要自己揹。妳可別誤會，我才不是為了妳。」

「我才要叫你不要誤會呢。我只是想揹我的書包然後順便幫你揹呢。」

想揹又順便，這到底是怎麼回事啦？

妳去針對這方面的傲嬌魂，好好讓荒須徹先生教導一番再來發言吧，一切都等那之後再說。

「那我來幫你揹！我想揹花灑的書包！」

「什麼？」

我是不知道為什麼，但連葵花也拿出了鬥志，把手伸向我的書包。

小椿見狀，眉毛一顫，擺出了看似非常不滿的尊容。

「葵花，要讓花灑開心的人是我呢。」

「人家也想讓花灑開心耶！所以，我來！」

溫馨的氣氛急轉直下，莫名地已經變成一種劍拔弩張的氣氛。

雙方都卯足了握力抓緊書包，就這麼一口氣往自己身上拉扯……

「喂、喂，妳們兩個，不要這樣吧，好痛！這真的會痛啊！」

我的慘叫只從右到左飄過。燃起莫名鬥志的葵花與只要是為了對我效勞就絲毫不考慮會對我造成什麼困擾的小椿之間，唐突地爆發了這場拉扯書包大戰！

「他們在搞什麼？一大早就情侶吵架嗎？」

「那小子好厲害啊……之前還看他下跪……不知不覺間卻弄成那樣……」

「「搶到啦！」」

路上行人的視線和說的話都很過分！痛痛痛……啊啊！我不行了！

這時我屈服於疼痛之下，不及細想就把書包從肩膀上解下，書包左右兩側分別由小椿與葵花抓住，戰鬥似乎尚未結束。

「葵花，妳放手呢。」

「不要！我比較會揹花灑的書包！」

我可從來沒進行過那樣的審查！

「我揹書包的本事也是一向有口碑的！」

這是在哪裡得到的口碑啦！是哪裡有在舉辦揹書包大賽啦？

這情勢不妙啊……得想辦法阻止這兩個笨蛋的爭奪才行！

「嘿～～咻～～～～！」

「唔～～咻～～～～！」

「妳們兩個，別再搶啦！而且小椿，身為一個女生，妳這喊聲不太對吧？」

「咻是不用你管呢！」

妳這合成語也用得太高竿了吧！我還是第一次聽到！

啊啊，這沒救了。等一下一定會……

「哇！」

「搶到啦！是我贏……嗯呀啊！」

「啊！啊啊啊啊！果然給我搞成這樣啦！」

從某種角度來看，最終是葵花獲勝，但結果糟糕透頂。

葵花似乎是全力拉扯書包，結果就在我的書包離開小椿手上的同時，自己也脫手而出，坐倒在地。

大家應該猜得到這表示我的書包怎麼了吧？飛到大老遠去啦……

「痛痛痛……」

「喂，葵花！妳有沒有受傷？」

「屁股痛～～！」

「要是妳受傷，那可不是鬧著玩的啊！手有沒有撞到？還有腳呢？」

這丫頭為什麼這麼莽撞！比賽都快到了……！

「對、對不起……我沒……咦、咦？花灑的書包呢？」

葵花注意到我的書包不在她手上，朝周圍看了看。

但她當然找不到我的書包。畢竟書包才剛乘著葵花的最大出力，不知道飛到哪兒去了。唉……就去找找看吧……

「喂～花灑！我早上出來跑步，結果突然天外飛來一個書包，掉在那邊的草叢裡。這是你的書包沒錯吧？」

「小、小桑！」

這現身時機是多麼奇蹟！

看樣子是在學校附近晨練跑步的小桑幫我撿來了。

他以令人覺得悶熱的火熱鬥志拿著我的書包……等等，你為什麼知道這是我的書包？

「喔、喔喔……對了，你怎麼會知……你幫了我好大的忙！謝啦！」

我很想問，但怕得不敢問。不需要知道的事情最好還是別知道。

「為什麼會從天上飛來……啊啊，是這麼回事啊！一定是小椿和葵花在爭誰來幫花灑拿書包吧？哈哈哈！花灑是男生，妳們幫他揹書包，他也不會高興喔。」

小桑帶著熱血微笑，一針見血地說中了我的心境。

不愧是看一眼就認得出我書包的人。

「這樣啊。可是，比賽才剛開始呢。」

「唔唔！我也會努力！」

妳們兩個都輸了。因為坦白說，太糟了。

該怎麼說……我對未來感到不安得不得了，要不要緊啊？

*

午休時間，我、葵花與小椿三個人和樂融融地抵達圖書室。

小桑今天也去福利社，所以現在不在場。相信再過一會兒就會來了。

Pansy 她和 Cosmos 移動到閱覽區了啊，今天不在櫃台嗎？

「你們好，花灑同學，葵花，洋木同學。」

我們進了圖書室，前往閱覽區，對我們打招呼的就是辮子眼鏡裝扮的 Pansy。

「嗨、嗨！花灑同學，葵花同學，小椿同學！」

接著由顯得格外浮躁的 Cosmos 打了聲招呼。

為什麼妳今天一開始就進入少女模式？

「嗨！久等啦！今天的福利社戰況比平常更劇烈，但我還是靠著接球技術的差距穩穩拿下了勝利啊！」

所有人坐下後，福利社的勝利者小桑抵達了。

他一隻手拿著裝麵包的袋子，另一隻手握住握力器，可以想見他大概就是用那個磨練接球技術。只是若要問到這跟買午餐有什麼關係，就是個謎了。

「葵花，福利社大嬸送了一個給我，妳要吃嗎？」

「哇～～！是奶油麵包！可以嗎？」

「當然！畢竟葵花就是喜歡奶油麵包嘛！」

「太棒啦！小桑，謝謝你～～！」

喔，這對葵花來說可是個幸運事件。

畢竟這丫頭就是愛吃奶油麵包啊，看她一臉有夠開心的表情。

「葵花，妳這可搞砸了呢。如果考慮到勝敗，這個麵包應該給花灑呢。」

小椿一臉跩樣地在說什麼鬼話？

既然葵花喜歡吃，當然就別忍耐，儘管吃了就是啊。

「嘿！小椿妳還差得遠啊。照花灑的個性，與其要葵花莫名忍耐，還不如悄悄看著葵花開心的模樣，他還覺得比較幸福啊！」

「嗚！這可被下一城了呢……」

嗯，這話說對了。但這點被人知道的事實讓我十分不知所措，所以我只在心裡想想。

「……好！我要說了！我要在這裡，好好對花灑同學說！」

接著，Cosmos妳怎麼了？發出那種下了一大決心似的聲音。

「花、花灑同學！可以，請，你陪，我說一，會兒話，嗎？」

「是喔……妳怎麼啦？」

「實不相瞞，在下本日出了差錯，做了過多的午餐來……若、若是不介意，想請如月兄嚐嚐！」

是如此嗎，秋野兄？會突然變成武士口氣……大概就是那麼回事吧。

也就是說她為我做了對我而言非常值得感謝的事，但要說出事實讓她很難為情，所以緊張之餘又故意演戲。非常謝謝妳特地這麼費心。

而且，還在我湊巧沒帶便當的日子做了便當來，這是多麼妙的時機啊！…………可惜實在不太能這麼說。

沒帶便當的我卻沒去福利社，也就表示我已經有約了……

嗯，這個先跟我有約的人正有夠用力地看著我。

「呃，那個啊……其實我跟小椿約好了，分她的便當來吃……」

「竟然！此話千真萬確？」

「此話千真萬確。」

「原來如此……那麼，也是無可奈何。這邊的午餐就由在下享用。啊、啊啊，請勿掛心！斷食乃是在下的買布姆（註：「My Boom」為和製英語，指最近熱衷的興趣）！」

不用一一把外來語用奇怪的國語唸。還有，妳發言根本莫名其妙。

為什麼斷食的人要吃上足足兩個便當？

「唔唔唔……此乃在下秋野櫻一輩子的汙點！」

可是，就這樣拒絕她也不太好啊，畢竟她沮喪得這麼明顯。

沒辦法，我本來是為了午餐後的點心，打算讓肚子留點餘力……但還是加油吧。

「這個，Cosmos 會長，難得妳都做了，我可以吃嗎？」

「竟然！此話千真萬確？」

這話我剛才也聽過了。

「此話千真萬確。我算是挺會吃的，要吃兩人份是輕而易舉。」

我一邊把右手拇指和食指輕輕互搓，一邊盡可能擠出笑容說出這麼一句話。

說老實話，我覺得會吃得很撐，但我不記得自己是被教成一個會辜負美女好意的孩子，所以就拚著一口氣想辦法搞定吧。

而且截至目前為止，Cosmos 做的飯菜沒有一次難吃，所以也讓我很期待啊。

「實是感激不盡！那麼，這邊便是為了兄台準備的便當！在下從日向姑娘那兒拜聽，用兄台最愛吃的東西填滿了便當！」

這位武士，回想一下妳剛剛的發言，設定上應該是不小心做太多。這可太自掘墳墓啦。

等等，這便當盒也太大！雖然是淡粉紅色的可愛款式，但大小一點也不可愛……

看來最好是做足了覺悟再來面對這個便當。

「花灑，這是我的呢。」

「喔，Thank you。」

太好了，小椿的是普通大小。

要是來兩個武士級的，那我會相當為難，但這樣的話只要努力點，多半還勉強吃得下。

「哇～太好了～確實交出去了！確實交出去啦！」

而且學生會長也從武士搖身一變成了純情少女，顯得心情大好，所以結果是好的。

「Cosmos學姊，機會難得，要不要跟我比賽？」

「比賽？喔……跟我嗎？……原來如此，是這麼回事啊。」

也切換得太快啦，轉眼間就擺脫了武士和純情少女，給我回到原來的樣子了，而且還莫名地高姿態。

「是。Cosmos學姊的便當也是為了花灑而做的吧？」

「妳眼力很高嘛……妳說得沒錯，那是我灌注滿滿心意的極致之作。」

眼力低也看得出來的。這個學生會長已經根本就無意遮掩了吧。

「嗯。所以，想請花灑來決定呢，看我做的便當和 Cosmos 學姊做的便當哪個好吃。」

「這提議不錯。這比賽我當然參加。」

我也贊成 Cosmos。早上的比賽伴隨著我的痛楚，所以讓我非常為難，但若是這個比賽，我就不會受害太嚴重。畢竟就只是兩邊都吃，判斷哪一邊比較美味而已。

「那花灑，你趕快嚐嚐看呢。」

「花灑同學，不用對我客氣，希望你老實說出你覺得哪一邊好吃。」

「我明白了。那麼……」

好了，這場比賽……從過往的功績來看，賽前評比應該是 Cosmos 占優勢啊。畢竟過去 Cosmos 做的飯菜從來沒有哪一樣難吃。然而，這終究是賽前評比。小椿是未知數。如果只看昨天的炸肉串，美味足以和 Cosmos 的飯菜匹敵。也就是說，其他料理也同樣美味的可能性是充分存在的。

那我就先從先約好要分我便當的小椿這邊開始……開蓋！

「喔喔？鮮蝦手抓飯啊？看起來很好吃啊。」

「我也想過要不要做炸肉串。但我不想被你當成一個只會炸肉串的女生，所以就想說做別的菜。這很好吃，我都嚐過。」

小椿微微揚起嘴角，露出笑容。

她似乎有自信，手咚的一聲拍在胸口。就先為她祈禱胸口不會再凹得更深了吧。

那麼餐前祈禱也完畢了，預備……開動！

「喔，這很好吃啊！」

「我就說吧？因為用了我們家的特製醬汁。」

「是喔？原來啊！」

我並沒有美食通的舌頭，所以講不出是怎麼個好吃法，但這玩意兒就是好吃！

雖然稍微淡了點，但完全還在容許範圍內。

「妳真有一套呢……小椿同學。」

「哼哼，當然的呢。」

Cosmos 說話聲微微發顫，小椿模樣自豪。

同時還讓眉毛上下跳動。

對了，Cosmos 啊，妳會不會看鮮蝦手抓飯看得太津津有味了？

「唔，這用的是……粳米吧。手抓飯（Pilav）的語源『Pilau』來自土耳其，而妳竟然還挑了當地的主要食材……相當有巧思。」

多虧了 Cosmos 百科，我現在知道這用的是那種像是練習簿的米了。

她還順便因為展現出知識而露出跩臉。雖然內容有夠不重要的。

「嗚！……那我也告訴花灑一個小知識吧！蝦子尾巴的成分和蟑螂的翅膀一樣，這你知

道嗎？」

小椿百科同學，妳為什麼會選擇這個知識？要知道敝人在下我正在用餐耶。

「小椿同學，這個說法有點誇張。的確這兩種東西都是以一種叫作甲殼素的物質形成，但這物質另外還形成了獨角仙和蜻蜓的表皮。」

這個追加知識也是用不著。不管追加什麼，就結論而言我都在吃蟲。

妳們兩個啊，是不是忘了這不是在比知識，是比廚藝？

「那，這個如何？蝦子背上可以看見的那條黑線，有可能摻了排泄物在裡面！當然我都有清乾淨，可以放心吃呢！」

小椿百科同學的知識從剛剛就一直太狠毒，讓我很傷腦筋。

不管有多想贏過Cosmos百科，都請不要這麼硬擠出知識來。

不管菜餚多好吃啦，用餐中講這些實在……

「蝦子實在很有意思呢！明明很好吃，卻和蟑螂翅膀跟排泄物之類的各式各樣東西……奇怪？花灑你怎麼啦？怎麼好像突然不吃了？」

「還有Cosmos會長的飯菜要吃，所以我打算那邊也吃吃看。」

……要是貿然激起小椿的對抗心理，她大概又會不由自主地多嘴。以後我要小心點。

「哼哼，我的料理讓花灑非常開心了呢。」

嗯，一開始是這樣。只是我現在有夠厭惡的，妳可有發現？

「小椿，妳還差得遠呢。」
「這是什麼意思呢，小桑？」
「妳這鮮蝦手抓飯鹽分太少了點。畢竟花灑口味偏重啊。如果再加一小匙鹽，應該就完美了啊。」
「嗚！下次開始我會注意呢……」
小桑百科的知識太專精在我身上，讓我心境十分複雜。
你明明一口都沒吃，為什麼知道鹽的濃度？
「那、那麼，花灑同學，也差不多，該嚐嚐我的了……」
我正看著這情形，少女 Cosmos 就對我投以雀躍的視線。
想要我快點吃的心意不只透過言語，還透過視線述說，是很高等的技術。
「我明白了。那我就不客氣了。」
好！剛才受到的震撼就拿 cosmos 給的便當來中和吧！
她對廚藝很拿手，而且說是只挑我喜歡吃的菜色做，是她的自信之作。
好了，來看看會出現什麼吧。預備，開…………喔、喔喔？
「請問一下，Cosmos 會長……這是？」
我啞口無言之餘，對 Cosmos 問了一句。
這也不能怪我。畢竟若要用一句話形容便當盒裡的東西，那就是森林。

裡頭可不是被一叢叢茂密的綠色給填滿了嗎？

為何便當盒裡會有這麼大量的……

「是花椰菜！根據我聽葵花的說法，才知道原來你吃花椰菜是吃多少都不會膩！」

葵花！妳放這什麼消息！

我是不會討厭花椰菜，但我可不記得自己曾經說過喜歡吃啊！

「就是啊！上次花灑跟我一起出門的時候就不管炸蝦，吃花椰菜吃得好開心！」

妳說的是那次嗎？就是妳邀我出去假表白的那次嗎！

那個時候，我的炸蝦的確是被妳搶走，然後妳還把妳的花椰菜塞給我沒錯啦！

可是我從來就不曾說過我喜歡吃吧！妳幹嘛亂講話……

「情、情勢不太妙呢……真沒想到花灑竟然喜歡花椰菜甚於蝦子……」

喂，小椿，馬上給我收起妳的震驚臉。

我喜歡蝦子甚於花椰菜。除了蝦尾巴和蝦背以外。

「今天我為了讓花灑開心，拚了命努力！這是花椰菜蒸飯，這是煸炒花椰菜，這是花椰菜冷盤。」

總覺得她得意忘形了！有夠得意忘形！為什麼會弄成這樣！

即使我真的超喜歡吃花椰菜，總也有個限度好不好！

為什麼會弄成這種單一食材大全餐！妳這個廢物學生會長！

「……那我開動了。」

但我又不敢直接在當事人面前抱怨這些，只好乖乖吃下去。

畢竟別看 Cosmos 那樣，其實她很經不起打擊。

一旦我說出真相，難保她不會轉眼間就變成貞子 Cosmos，鑽回井裡去。

好啦，就開始開拓森林吧……首先就從這邊的熱帶雨林開始吧。

「怎麼樣？好吃嗎？」

「是……非常好吃。」

這不是說謊，Cosmos 做的花椰菜料理很好吃。可是，外觀和量太糟糕了……

「成功了！不枉費我從昨天晚上就多方研究，熬夜做出來！」

Cosmos 學姊，妳這個情報太沉重了。不只對胃沉重，對精神也一樣沉甸甸的。

「這個……如果學姊哪天要再幫我做便當，可以請學姊事先跟我說一聲嗎？因為我不想讓學姊太勞累。」

「咦！那、那麼，我可以再做便當來給你嗎？」

竟然緊咬這個環節不放！呃，妳肯幫我做，我是很高興啦！

可是我希望妳注意的點不是這裡啊！

「呃，這是很令人感謝，但從下次起請跟我聯絡……」

「哇……怎、怎麼辦？下、下次該做什麼來才好？我是還有問到其他花灑喜歡吃的東西，可是該選哪一樣……」

吃飯時間不要一直翻筆記本。還有，好好聽人說話。

「總之，拜託學姊了！」

「好、好的！總之，學姊被拜託了！」

算了。反正說了她也不會聽，還是死心吧。

可是，下次就先跟葵花說「我喜歡使用多種不同食材的便當」，期待這個消息可以傳進Cosmos耳裡吧。

「原來如此，Cosmos學姊來這招啊？可是，量太多了一點啊。考慮到要讓花灑肚子飽得舒服……最好再少個92公克。」

「原、原來是這樣！我都不知道……這也得好好寫下來才行！」

這個事實可連我都不知道啊！為什麼小桑連這種事情都知道！

這可不是比當事人自己還清楚了嗎？

而且根本上弄錯的不是便當的量！是花椰菜的用量！

「那花灑同學，結果哪一邊比較好吃呢？」

這時Pansy淡淡地催我判決。

「嗯，也對……兩邊都很好吃……我沒辦法馬上就決定啊……」

煩人程度也是大同小異……坦白說，兩邊都輸了。

眼前我只弄懂了一件事，那就是不管小椿還是Cosmos，都是一來勁就會把事情搞砸。
如果能維持平常心，明明兩邊都很棒……
「好、好險啊……Cosmos學姊，下次我不會輸呢。」
「呵，我也還不夠精進。小椿同學，我們下次再來一場精彩的比賽。」
喂，妳們兩個，馬上給我收起妳們臉上充滿成就感的笑容。
之後我吃完鮮蝦手抓飯，還把Cosmos森林開拓完畢，午餐宣告結束。
由於量相當多，吃得我肚子很脹。
「那我差不多要準備紅茶和點心了。花灑同學肚子已經很飽了嗎？」
「不，我沒問題……也給我一份。」
即使肚子已經很脹，還是用甜美的點心來消除這苦澀的記憶吧。加油啊，我，點心有另一個肚子裝！
「哎呀，難得你會說這麼令人高興的話。」
之後我吃到心情大好的Pansy所準備的點心，覺得比平常好吃三倍左右。

＊

到了放學後，班上同學各自走出教室，我憔悴地揹起書包。

唉……為什麼？為什麼事情會弄成這樣？

照本來的計畫，今天應該會有形形色色的女孩子為我效勞，讓我充滿幸福，超越現充，成為現極（Made by 大爺我的語言），集眾人嫉妒的視線於一身。現在的狀況卻讓我只能說SHIT……

被葵花把書包扔飛，被 Cosmos 搞得要開拓森林……夠悽慘了。

而且，雖然這是自作自受，班上同學的視線仍然嚴厲。

若要說到這狀態有多嚴厲……

「啊啊！還好今天也沒被傳染到如月菌！」

喔喔？如月菌是吧，A子同學？

我日常生活就很注意健康，所以相信一定是比菲德氏菌之類的益菌吧。

要緩和花粉症與過敏症狀就不能少了我…………講得我自己都悲哀起來了。

「花灑，今天我也跟你一起去圖書室呢。畢竟還剩下跟 Pansy 的對決。」

饒了我吧……我早上跟中午已經消耗了很多體力，放學後想好好休息。

雖然那兒有會噴毒的 Pansy，但只要和她進行最低限度的談話，她就不會亂來。

所以，我本來是打算去和 Pansy 隨便聊聊，享受她泡的紅茶和準備的點心……但不好的預感正迅速加大。

「妳不用去店裡幫忙嗎？」

「嗯，今天不要緊呢。就算我不在，大家也會努力。」

不妙……看這套路，我放學後也會遇到悲劇吧？

這個時候還是想辦法找個理由甩掉小椿，或是乾脆說我今天有事，不去圖書室……不對，這樣不行。

今天會弄成這樣，全面性是我不好。

這個比賽也是一樣，只要當初我大力反對，就不會弄成這樣。

但我不想想自己只是個路人，有了小家子氣的念頭，才會變成這樣。

只因為自己不中意這比賽就疏遠小椿，那就太自私了。

沒辦法，就乖乖認命，和小椿去圖書室吧。

而且，我有一件事還沒跟她問清楚啊。

「哎呀，花灑同學。還有，今天洋木同學也跟你一起啊。」

「嗯，今天我放學後也待圖書室吧。」

這是為什麼呢？她們的談話內容明明極為和平而日常，我的恐懼卻不斷累積。

就像是慘劇前的寧靜……不，現在才抱怨這些都已經遲了。

既然認命了，就不要對接下來發生的事情抱怨。

乖乖接受一切吧。但是在這之前，我要先把先前都沒機會問到的……Pansy 在意的事情，跟小椿問個清楚。

「我說小椿，我有個問題要問妳，可以嗎？」

在抵達閱覽區的同時，我對小椿問了一聲。

我是極力裝作一如往常，但不知道要不要緊，其實我還挺緊張的。

「嗯，得看內容而定呢。畢竟聽你聲調這麼緊張，就忍不住覺得你要問的問題會很怪。」

嗚！小椿還挺敏銳的啊。不，其實也不是什麼怪問題啦……

「沒、沒有啦……妳來這間學校之前是待在哪間高中？」

「我？我是讀離這裡四站的朝霧高中。怎麼了嗎？」

喔喔！太好啦～～！還好不是那間高中！

啊，我都忘了，我們學校的名稱叫作西木蔦高中。

明明沒有北、東、南，卻莫名叫作西木蔦高中。

「不，那就好。因為有間學校裡有我討厭的人，我只是慶幸妳不是那間學校的學生。」

「嗯，知道了呢。」

我……不是在說謊吧？雖然說得精確一點，是「因為有間學校裡有我討厭的人（還有Pansy 討厭的人），我只是慶幸妳不是那間學校的學生」。

「是這樣啊……那太好了。」

「Pansy 也在意我讀哪間高中？」

「是啊，沒錯。」

喂，Pansy，我回小椿時還特地包上一層糯米紙，妳不要自己把傷口撐開。要是這時小椿問起：「妳為什麼會在意？」妳是打算怎麼回答啊？

「嗯，這樣啊。」

哎呀，我有點嚇了一跳，小椿沒想追問得這麼深入啊。

說不定小椿是察言觀色，判斷 Pansy 不想被問起這件事？

如果真是這樣，這個女生……可相當會做人。

好了，我和 Pansy 掛心的事情倒還挺乾脆地結束了啊……

「那麼，Pansy，接下來，我和妳，就來比賽誰能讓花灑開心吧。」

「無所謂。」

也就是說，終於要開始了吧。Pansy 和小椿之間的比賽兼對我的懲罰就要開始……

好討厭啊～～她們會拿我怎麼樣呢？

「花灑同學，糖跟平常加一樣多沒關係嗎？今天的點心比平常要甜一些，要不要少放點糖？」

啊啊，問什麼砂糖的量，是不是聽起來就超級不幸……不會，這問題極為正常。

「不，和平常一樣就好。倒是這點心和午休時間的不一樣？」

「是啊。今天我很拚，還烤了別種點心來。」

Pansy 流露出幾分好心情，從包袱巾裡拿出了馬卡龍。

而且跟之前吃過的那種不一樣。這也就表示……這是 Pansy 的新作？

「這和平常吃的不一樣吧？」

「是啊，我花了很多心思，試著在滋味上做了變化。」

真的假的！那太令人期待了！

「花灑，如果今天一整天上課上累了，我可以幫你按摩，要嗎？」

「嗯？那就不用了，我沒那麼累。」

「是嗎？不過，我還是至少幫你放鬆一下肩膀吧。」

喂喂，等一下好不好？小椿這可不是踱到我身旁，幫我揉起肩膀來了嘛！啊，這，好酥湖啊～～……

說不定這不是懲罰，是甜頭？

「花灑同學，這三種顏色的馬卡龍滋味都不一樣。」

輕輕放到盤上的馬卡龍有白色、黃色與紫色。

看到這些顏色，我立刻想到了。這是……

「喔喔～～？這是呼應 Pansy 的三種花色啊？」

「是啊，你說得對。真虧你看懂了。」

「還好啦，這一定要的。那我要吃了。」

「請用。」

我先拿起白色馬卡龍咬了一口……有夠好吃的啦～～～！

不愧是Pansy！做起點心真的是無人能出其右！

總覺得她將來可以當個好甜點師！我敢掛保證！

「好吃嗎？」

「嗯，很讚。」

「呵呵呵，不枉我在裡頭加了滿滿對你的愛。」

她還是老樣子，偏要多說一句。但這就忍下來吧。

不管怎麼說，Pansy的點心很好吃，小椿的按摩很舒服。

也就是說，這裡，現在，總算化為極樂淨土了！

沒錯沒錯！就是這個啊，這個！我就是要妳們進行這樣的比賽啊！

啊啊～～好漫長！今天忍了一整天，總算有像樣的——

「哇！抱、抱歉，花灑。」

咦？各位以為我接下來就要倒楣了？很遺憾！沒～～有～～！

是小椿不小心失去平衡，把身體貼到了我頭上。

各位知道嗎？女孩子這種生物啊，就是有種獨特的柔軟。

所以，即使是體脂肪率低得極端的小椿，也讓我超爆炸心動的。

啊，超爆炸是「非常」的向上相容詞彙，是我的造語。

二〇一六年五月三十一日 Google 到的時候肯定是這樣，以後我才不管。

「不會，妳別放在心上。啊，小椿要不要也吃吃看馬卡龍？」

「嗯，那我吃一個……可是，我兩隻手都沒空，晚點再……」

「那我來餵妳吃。來，啊～」

「嗯，謝了。」

我這一仗打得漂亮！偶爾也得好好答謝才行啊！

我認為表達自己不是個只會讓人替自己服務的男人是很重要的。

「花灑同學，你好像很開心嘛。」

哎呀，這可不行，也得顧好 Pansy 才行。

包在我身上，Pansy。我剛才已經決定要讓今天變成全世界對妳最寬容的一天。

「是啊，也是啦。畢竟 Pansy 的點心有夠好吃，我是很開心。」

「目前平分秋色吧……這樣下去會沒完沒了。好！我要動用為了讓花灑開心而準備的祕密兵器了呢！」

這種兵器，用出來真的沒關係嗎？我實在太期待，都忍不住講出了超沒營養的話來！

「那麼，我也不客氣了。」

咦？不～～會吧？難不成真的要來了？那個，要來了嗎？

看這情形，我會看到 Pansy 拿出真本事？

這會不會太讚？可是，要是真的發展到那一步，我該讓誰當贏家？

雖然兒時玩伴和學生會長的落選已經無可避免，但小椿和 Pansy 還有得拚。

也就是說，一切都將由她們兩人接下來的行動決定……（吞口水）

「是喔……也好，隨妳們高興吧。」

這種時候最重要的，就是採取顯得不怎麼有興趣的態度。

畢竟要是顯得飢渴，就不會給對方太好的印象。這種時候還是裝酷最穩。

「我知道了。那我去準備一下。」

「我也去準備準備呢。等我一下下喔。」

咦？小椿放開我的身體，也就表示妳也要換衣服？

咦？也就是說，會出場？真的會出場？

高中男生嚮往不已，在愛情喜劇中經常出現，但在現實中出現的機率只和最終融合成功率（幾近0％）差不多的，所謂的女僕裝嗎！

就是說啊！機率這種東西就只是個參考！

不夠的部分，用勇氣和鬥志補足就行了！（註：《勇者王 GaoGaiGar》中主角所駕駛的機器人 GaoGaiGar 合體過程稱為最終融合（Final Fusion）。理論合體成功率極低，「成功率只是參考，不夠的部分用勇氣補足就好」等皆是劇中名言）

不妙，我現在超級心動的。得想些無關緊要、一點關係都沒有的事情，讓心情鎮定下來。

呃，就在手掌寫「π」然後吞下去……

「「久等了，花灑（同學）。」」

來啦啊啊啊啊！就等妳們啊啊啊啊！

「好！我沒等那麼久，不用在、意……嗯？」

不對勁啊。

我還以為一回頭就會看見女僕裝的小椿還有終極 Pansy 呢。

可是，並沒有。小椿還是穿著制服，Pansy 也還是辮子眼鏡模樣。

可是呢，她們兩人都莫名地拿著某一樣東西。

「真沒想到小椿也準備了跟我一樣的東西。」

「我也嚇了一跳呢。Pansy 竟然也知道。」

Pansy 若無其事地改了對小椿的稱呼，這是怎麼回事？

而且，為什麼妳們兩個不約而同……都拿著空氣槌？

「那、那麼，難得有這機會，我們就同時來吧？畢竟昨天我拚命查過……」

「也、也對……一個人做有點難為情，這可幫了我大忙。」

小椿忸忸怩怩，Pansy 害臊臉紅。

後者是辮子眼鏡模樣，所以不可愛得可怕，但這種感想就先不管。

「「…………」」

她們兩個好死不死，偏偏都紅著臉說話，戴上不知道從哪兒變出來的兔耳髮箍，拿空氣槌來敲我的腦袋。

……這，難不成是……

「「『『主人～～♡今天我們要擣什麼麻糬呢蹦？啊！那裡才不是麻糬蹦！看我打扁你的臉頰處罰你蹦！』』」」

「天……！這……！」

果然是這招啊！我的收藏之一《跟小兔女僕來場啊哈～～的擣麻糬大會》出現啦！Pansy知情我還懂，為什麼小椿會知道這個？

「昨天我從你拜託我做的那個去查了你的興趣，從你的反應看來，算是大成功呢……太棒啦！」

原來是我自掘墳墓！不對！不是這樣！知道了才做就沒有意義了！

就是因為不知情之下做出來，我才會怦然心動！真的，不要去查！

「如何？雖然我沒什麼自信，但我可是拚命努力去做呢。」

「我也很努力，不行……嗎？」

比起她們兩人如此努力的事實，我的興趣被她們知道的傷痛更是非比尋常。

這是要我給什麼評語？

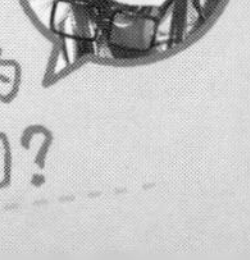

「哎呀，花灑不知道該怎麼給評語呢。那麼，就準備下一招……」

「這樣啊。既然這一招分不出勝敗，就用別招再比是吧。我不會輸呢。」

「等一下！不、不對！不是這樣！兩邊都很好！都很棒！」

所以不可以再繼續撐開傷口啦！

都做到這一步了，真的別這樣！

「平手我可不能接受。還是來準備下一招吧。」

「除非花灑決定哪一邊的麻糬比較柔軟，不然我可不能退縮。」

Pansy，妳根本是故意的吧！

妳明明就若無其事地肩膀抖動著在忍笑！不要這樣，真的不要這樣……

「花灑，Pansy！今天午休時間，我把握力器忘在圖書室……喔，這髮箍真可愛啊！……」

小桑！為什麼當我遇到困難，你總是可以這麼瀟灑地趕到！

「小桑，握力器放在櫃台。」

「喔，真的嗎！謝啦！還有，我是不知道妳們想做什麼，不過花灑已經一臉『妳們再搞下去我會死掉』的樣子，所以別太過火啦！那我走啦！」

我的好朋友留下酷勁十足的熱血微笑，離開了圖書室。

連走前丟下的台詞都很完美。小椿和 Pansy 這可不是都徹底地僵在原地了嗎！

所以，你們在幹嘛？」

「呃……花灑，這該不會造成你的困擾了？」

「……好可惜。」

小桑一槌定音，讓小椿與 Pansy 分別以冷靜與懊惱的態度嘟囔了一聲。

「對。妳們饒了我吧……」

看樣子總算是能夠結束我的這場極刑了。唉……我真的累了……

「我說啊，花灑。」

「什麼事，小椿？」

我坐到椅子上，陷入半恍惚狀態，小椿就畏畏縮縮地來到我身旁。

「就是呢，希望你告訴我比賽結果呢。我今天努力了一整天……」

「的確有這回事啊……」

我正要說出比賽的結果，Pansy 就跟著顯得有點緊張，靜靜地看著我。

我是決定了。就照 Pansy 所說，我決定了贏家是誰。

今天一整天，讓我了解到自己是什麼人，該做什麼。所以，我要把這些告訴她們。

「小椿，妳不用再為我效勞。妳輸了這場比賽。」

「咦咦！怎、怎麼會……！」

「可是，妳可別誤會，我不討厭妳。妳已經為我做得夠多了，嗯……不用再繼續了。以後麻煩妳正常跟我當朋友。」

「……知道了……」

或許是我這句話打擊太大，小椿相當沮喪地點了點頭。

好了，Cosmos 和葵花那邊，就晚點再告訴她們，對 Pansy 也得好好說個清楚才行。

「Pansy，妳也輸了。可是，妳可別誤會啊，我不打算講什麼所有人都輸了這種話。我會確實讓贏了的人擁有對我要殺要剮都行的權利。」

「……是嗎？那麼，是誰贏了？」

或許是聽到我的回答而做出了覺悟，她雖然沮喪，仍發出疑問。

沒錯，贏家是有的。有個人現在不在場，但贏了這場比賽。

我打算晚點也去跟當事人說一聲。

這個人將會得到對我要殺要剮都行的權利。

大家應該也猜到了吧？對，沒錯。就是各位猜的那個人。

今天一整天，我切身體認到自己終究是個路人。我受夠了……

所以，我不要這種自己配不上的後宮。

跟可愛的女生打情罵俏這種事，已經夠了。

我也不打算要小椿誠心誠意為我效勞。

葵花的騷，也是因為她從明天起就要晨練，自然暫時沒我的份。

Cosmos 的便當也是，讓她太勞累就不好了，所以我會好好拒絕。

Pansy的點心也一樣，我其實很想吃……但還是忍耐吧。

沒錯！也就是說，我選擇的贏家就是……

「是小桑。」

管他是同志還是ＢＬ，儘管放馬過來！就當我是這樣無所謂！

我真～的很討厭被這些傢伙效勞！真的很討厭！

要看一個人，不可以用臉或個性……也不可以用性別來判斷。

重要的是，這個人有多了解我！這才重要！

早知道會這樣，跟小桑打情罵俏還遠遠好得多了！

之後，包括我用簡訊通知結果的兩人在內，她們四人「虧我那麼努力！」之類的抱怨排山倒海而來，但我才不管！

以後我就要當個路人，混進群眾之中，站到支持小桑的立場！

路人棒透啦！當路人才是我的人生！愛情喜劇之類的鬼東西，我真的受夠啦！

我的悲劇在以為結束時開始

第三章

昨天，小椿、葵花、Cosmos 與 Pansy 展開了一場四強爭霸。

本來這場比賽應該是要比誰最能讓我開心，只是也不知道為什麼，我在身體上與精神上都受到了莫大的損害，最終我選擇的贏家是小桑。

當然了，選擇本來並未參加比賽的人物為贏家，自然要付出代價，讓我因而失去了一些東西。

我現在不得不與參加比賽的人保持一點距離了。

我對小椿說：「今後完全不用為我效勞。」對葵花說（雖然很懷疑她是否有聽懂）：「妳暫時先以網球為最優先。」促使發騷行為平息。對 Cosmos 說：「便當有我老媽會做，不用學姊操心。」鄭重拒絕她為我做菜。對 Pansy 則明白表示我的意思：「我暫時不吃點心。」

說穿了，就是（雖然也有部分例外）我自己拆了我的後宮。

到了最後，我對小桑送出告知優勝的簡訊，寫說：「你是第一名！」結果傳回來的簡訊是：「我總覺得愈想愈興奮了。」不免令人心中閃過一絲不安。不知道他打算叫我做什麼，也只能祈禱內容盡量不要太狠。

好了，這樣一來，小椿案已經接近尾聲，接下來看似就要開始我那路人該有的日常生活，但不巧的是，並非如此。

其實我還有一個有點麻煩的問題要解決……

至於說是什麼問題……

「花灑，拜託啦！告訴我嘛～～！」

早上，我正一個人寂寞地上學，沿著走廊前往教室，就有個男生雙手合掌，用拜神似的姿勢求我。

從他把招呼語和自我介紹都省略得一乾二淨這一點感覺得出身為路人的抱負，但不巧的是我也是路人，我可要用路人該有的態度來因應了。

「你很煩耶，不管問幾次，我都不打算說。」

我一口回絕，完畢。

我從他身前掠過，正要走向教室……等等，竟然抓住我的肩膀。有夠煩……

「別說這種話嘛～好不好？有什麼關係嘛，想想我跟你的交情啊～～」

我跟你是有什麼交情啦。你和我又沒多熟。

去年和今年都分在不同班，而且今天才第一次好好講上幾句話。

不過，也是啦……你的心情我也不是不懂。

換作是我站在你的立場，也早就千方百計想套問了。

……咦？你說這小子在問什麼？那當然是……

「告訴我在花舞展上，最後跟你跳舞的那個女生叫什麼名字嘛～～」

就是這麼回事。這就是降臨到我身上的另一個有點麻煩的問題。

哎呀，為防誤會，我還是補充說明一下吧。

所謂花舞展，是在百花祭第一天的最後所舉辦的一大節目，由三名女生輪流擔任一名男生的舞伴，和他跳舞。

而今年以男生名額參加這花舞展的人，就是我。

以女生名額參加的，則是各位都知道的本校代表性兩大美女葵花與Cosmos。

而最後……是某個美貌更超乎她們兩人之上的美女。

這個女生的登場讓全校學生情緒沸騰再沸騰。「從沒看過那麼漂亮的美女！」「搞不好比葵花跟 Cosmos 還漂亮！」等種種讚美漫天灑落。

和她跳舞的時候心情棒透了，就像漫步在雲端，但那是當時。

至於事後……心情就像掉進臭水溝。

「就說我沒打算說了！」

「怎麼這樣喵～～人家好傷心喵～～」

如果你以為裝可愛我就會告訴你，那可真是天大的誤會。

這種事情，就是要由可愛的女生（親生母親例外）來做才會令人心動。

不過大致就像這樣，我為了應付這群好奇心旺盛，滿心想知道美女真面目的男生們，忙得不可開交。尤其百花祭第二天，那真的是有夠辛苦……

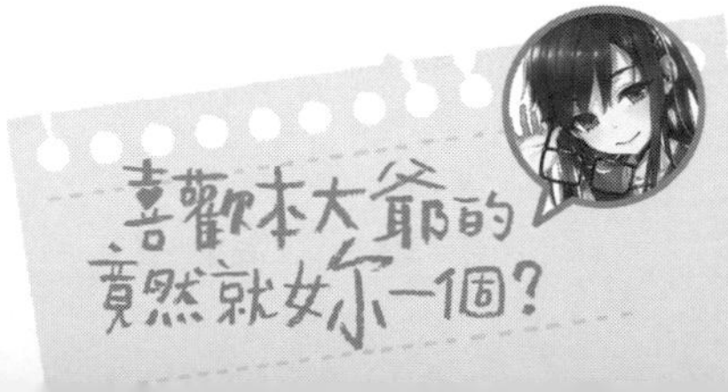

真的是一個接著一個跑來問我，讓我覺得這輩子還是第一次遇到有那麼多男生跑來找我說話。

小椿轉學過來讓這些逼問平息了些，但終究只是暫時平息。

這些男生看準時機，再度展開了行動。只是不管他們對我怎麼樣，我都不會說。

「該死……問花灑也沒用啊～～那就期待其他人吧……」

……嗯？這小子在說什麼？

「喂，你這話是什麼意思？」

「咦？」

「就算其他人來問，我也不打算說。那你到底在指望什麼？」

「嗯～～？唔嘿嘿嘿……這可不能說啊……」

為什麼我身邊的人們就是會突然想建立自己的角色形象？

「既然你不說，老夫也不能告訴你啊。」

請你給我好好把角色形象統一再來說話。

「不過，我就給你個提示。除了你以外，還有人可以告訴我她是什麼人——」

「原來如此，有人去問葵花是吧。」

知道是這樣就好辦了。趕快去跟葵花說一聲吧。

「啊！等等，你也太快猜出答案啦！至少再讓老子……不對，是讓老夫留下深刻一點的印象才行啊！」

「囉唆！我才不管！」

「慢著！等等啊，花！灑！」

誰會等啦！就算你講得像是在鼓舞倒地的拳擊手，我也不可能等你。

不要只為了講這個，就把一句話切得亂七八糟，還斷個「灑」字咧！

參加花舞展的最後一個人——Pansy的身分，絕對不可以曝光。

一旦曝光，想也知道一定會弄得很慘！主要是我會很慘！

我會在圖書室被噴更多的毒，身體上也會受到某些災害……啊啊……光想都覺得可怕。

而且，既然是Pansy，絕對會做出比我想得到的可怕事情更可怕的事情。不是什麼事情都超乎想像就是好事。

「喔！這不是花灑嗎！怎麼啦？你在等我上完廁所？」

我快步走在走廊上，就傳來一個活力充沛過頭的聲音。

是個有著飽經鍛鍊的身體與熱血微笑的男生——小桑。

大概是因為剛上完廁所，只見他用深紅色火焰圖案的手帕在擦手。

「沒有，不是這樣。我是有點事情要找葵花。」

「你會邊走邊長話短說，一定是相當慌吧？我看，是為了那個人的事吧？」

小桑配合我的步調，敏銳地猜中了是什麼事。

他自然地用「那個人」這個詞隱去Pansy的名字不說，這點也感覺得出他口風很緊。

「對。因為似乎有人想從葵花口中問出她的身分。」

「原來如此啊。所以是盯上葵花開始晨練，和花灑分開的時間啊。」

你這麼信任我，我是很高興，但小桑，你這可猜錯了。

大家怕的人是你。他們是盯上葵花和你分開的時間跑來。

我也是一直到剛剛還被一個想建立角色形象的神祕男生囉唆地追問，就是最好的證據。

「說到這個，小椿沒和你一起嗎？昨天你們是一起來的吧？」

「是啊。她說要去忙今天開幕的分店準備工作，所以早上會撐到快遲到了才來。」

葵花要晨練，小椿要準備分店的工作。一選擇小桑路線，女主角們就消失，變得只剩男生登場。這樣的早晨，該怎麼說……是個很有路人風格的美妙早晨。

＊

一抵達教室，就看到同班同學們和樂融融地開心談笑。

好了，葵花呢……奇怪，沒看到她啊……？跑哪兒去了？

我環顧四周，但哪兒都找不到像是葵花的身影。

她還在晨練嗎？那我就去那邊找找看吧。

「小桑，葵花似乎不在，我去網球場看……」

「不對，她在……就在那裡。」

「咦？……哇、哇啊……」

小桑朝某個方向一指，所以我跟著看去，結果超猛的。

人影稀疏的教室裡，有個地點人口密度格外高。

保守估計也有十個男生，排成了一堵圓形的牆壁。裡頭沒幾張臉孔是我認得的，想來多半全都是別班的男生。而葵花就待在這堵圍牆的中心。

「真是的！你們大家讓開啦！我不會說的！」

葵花蹦蹦跳跳地從男生牆的中心露出惹人憐愛的頭部，發出不高興的聲音。大概是透過跳躍，強調要大家讓開的意思吧。

「葵花，別這麼說嘛～告訴我們嘛～」

「不要！她要我保密，所以我要保密！」

「拜託通融一下！好嘛，我們不會告訴任何人的！」

每個人都色心大起，同時進行對葵花的審問與溝通。

看來這群人正盡情享受一邊探問美女身分一邊調戲美女的一石二鳥事態。

不過葵花這丫頭倒是有好好幫忙掩護 Pansy 的身分啊。

我本來還有點懷疑妳，擔心妳可能靠不住，實在是不好意思。就是說啊，就算妳再傻，也不會……

「那就給個提示！只給提示就好，告訴我們嘛！」

「不行，我什麼都不能說，所以什麼都不說！」

「不要緊啦！花灑也說如果只說提示就不要緊！」

「咦？是這樣喔？」

我收回前言。還好趕上了。

那個臭小子，竟然憑空捏造別人的發言……給我鬼扯這什麼鬼話！

「嗯，只說提示的話，誰也猜不到，這樣應該沒關係吧。」

「這樣啊！說得也是！如果只說提示，大家都猜不到嘛！」

哪有這種事！而且妳哪有本事抓準提示的分寸！

想也知道妳一定會講出直接連往答案的提示！

我再也忍不下去了！看我好好教訓教訓他們……

「喂，你們幾個，不要太過分。」

「嗚！小、小桑……」

奇怪了。都找不到我的出場機會。

不知不覺間，我的好朋友已經運用華麗的步法與壯碩的體格破壞了超大型巨人般的男生人牆，就這麼站到葵花正前方，威風凜凜地攔住這群男生。

「葵花都因為不能透露而為難了，你們別再纏著她問下去了好不好？而且她就是不想被任何人知道，我們才不告訴你們。」

令人傷腦筋的是，我的好朋友是個型男。我都忍不住怦然心跳了。

所謂獻上自己的心臟，就是這麼回事嗎？

「抱、抱歉……可、可是啊，她那麼可愛……」

「哪有什麼可是不可是？當然啦，她那麼漂亮，會想知道她叫什麼名字，跟她培養感情，這種心情我也不是不懂啦，可是她說她就是不想受到矚目，才要我們保密。在強迫推銷自己的心意之前，也考慮考慮別人的心情啊。」

怪了？站在那裡的人是主角嗎？不管由誰來看、怎麼看，都未免太帥氣啦……

「……好、好啦……抱歉……」

「哇啊，小桑！謝謝你！」

令人傷腦筋的是，女主角葵花眼神發亮地對小桑投以感謝的視線。

但是我們的王子(小桑)對女生似乎不是只會體貼，只見他以銳利的視線看向公主(葵花)。

「葵花妳也多少想一下。花灑怎麼可能講這種話？要是因為妳的發言而讓大家知道她是誰，傷腦筋的可不是妳啊。」

「對、對不起……你說得對……我會小心……」

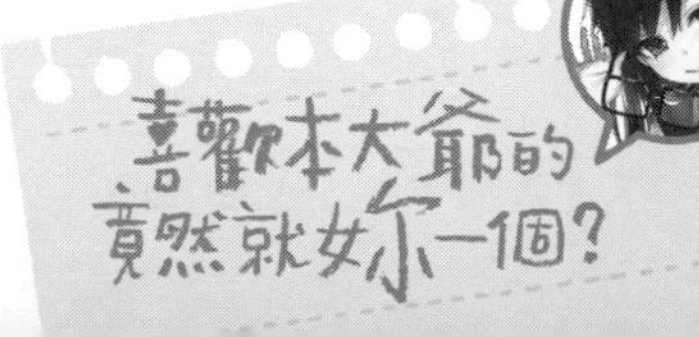

就算面對可愛的女生也照罵不誤！

這種讓所有人垂頭喪氣、煞氣非凡的壓倒性王子威風，讓我只能自慚形穢。

「還好啦！大家知道就好！不好意思啊，突然說這麼重的話！好啦，難得的早上，這件事就到這裡為止，大家開心點嘛！還有，葵花！今天午餐，我去福利社買奶油麵包給妳！畢竟妳對大家都有好好保密啊！」

「咦！可以嗎？」

「可以！當然可以！」

「哇～！小桑，謝謝你！」

還自己表現得開朗來改善沉重的氣氛，連事後照護也是萬全！

他腦筋動得那麼快，這樣的光景讓我無法理解他的考試分數為什麼會差。

「等一下，小桑。」

結果這時有個剛才被小桑痛斥的學生舉起手。

看來不知不覺間已經採用了要對王子發言時必須先舉手的制度。

「喔，怎麼啦，綾小路颯斗？」

名字好帥啊啊啊啊！原來這麼一個有這種帥氣名字的男生，剛剛卻色心大起地在盤問葵花喔！

「其實我現在身上就有奶油麵包。畢竟剛剛給葵花添了麻煩，就當作是賠禮……」

準備也太周到了吧，喂！為什麼身上會有奶油麵包啦！

是怎樣？是考慮到如果剛剛那招也沒辦法誘騙葵花說出來，才準備來誘惑她的嗎？

「唔嘿！這不是太好了嗎，葵花！綾小路颯斗說要給妳！」

「哇～～！太棒啦！謝謝你，綾小路颯斗！」

「啊哈哈，被你們這樣一謝，綾小路颯斗多不好意思。」

有需要一直講出全名嗎？連綾小路颯斗都特地報上全名……

「我們也要說聲抱歉，小桑。九頭龍蒼馬深深反省了。」

「我也是。長宗我部帝翔以後看到其他人想做一樣的事，會去阻止。」

我們學校是怎樣？其他班有像這樣塞滿帥氣難記名字的學生嗎？

「喔喔！真的嗎！謝謝大家啊！」

好耀眼！青春太耀眼了！打不進那個圈子的路人我都要蒸發了！

「小桑這個人啊，平常開朗又風趣，遇到緊要關頭又很帥氣，真是個男子漢耶～～！」

「就是啊！不難理解大家為什麼這麼愛戴他耶～～！」

「為什麼他會跟像花灑這樣的細菌要好呢？好可惜喔。」

小桑轉眼間就攻略了全班女生……

然後A子同學理所當然地全力把我當細菌看待。是沒錯啦，看到剛剛的狀況，任誰都不得不承認自己只是個路人啦……好歹也把我當個人看待吧。

「花灑，不好意思啊，讓你久等了！」

結果這個時候，順利解決事態的班上霸者輕輕拍了拍我的肩膀。我差點就被殺菌了。

「啊！花灑，原來你來啦？人家都沒發現！」

我想也是啊，畢竟很多細菌都是肉眼看不見的。

「花灑也很擔心葵花，一直在說不知道葵花要不要緊呢！」

「是這樣啊！我不要緊啦，花灑！我都沒講出來！」

她的笑容燦爛得一點都不像是剛剛才要說出剛好不能說的情報。

但是，我很清楚這個時候生氣很不妙，所以忍了下來。

身為存在於空氣中的細菌，感受周圍氣氛是當然的行為。

「啊，對了！我有事情要拜託花灑！」

是什麼事情呢？只要是我這個細菌能力所及，我當然樂意效勞。

「今天午休時間，花灑會去圖書室吧？」

圖書室啊……考慮到比賽結果，也許不該去，但昨晚 Pansy 請求（威脅）我：「希望你好好遵守約定，不然你會遇到很可怕的事情。」

「……對，我打算去。」

「太好了！跟你說喔，我啊，今天午休時間網球隊有會要開，沒辦法去圖書室。所以呢，我想請你幫我把這個還給 Pansy。」

葵花打開書包翻了一陣，拿出的是杜斯妥也夫斯基的《罪與罰》。

說到這個我才想起她之前說想看緊張刺激的書，就在圖書室跟 Pansy 借書。對了，有一件事我很好奇。

「這個，妳都有看嗎？」

這丫頭一開始看書，不到三十分鐘眼瞼就會合體，有辦法看這麼厚的書嗎？

坦白說，我怎麼想都只覺得她看到一半就會挫敗……

「那當然了！這本書超棒的耶！睡不著的時候看一下，馬上就睡得著了！」

原來如此。也就是說，妳是拿來當安眠用。

算了，無所謂。這是當事人之間的問題，我應該沒有必要干涉吧。

「……知道了。那午休時間拿這個去還她就行了吧？」

「嗯！拜託你了！」

我從葵花手上輕輕接過《罪與罰》，拉開書包的拉鍊。

說到這個，Pansy 也交了一本書給我，要我看過啊。

我還收在書包裡，但總覺得似乎差不多該看一看了……

「嗯？……嗯嗯？」

怪了？等一下，等一下啊，我。

剛才我從葵花手中接過《罪與罰》，塞進了書包。

這沒問題。可是，我的書包裡本來應該還存在著一本非存在不可的書。一本 Pansy 塞給我，或者說我跟她借的書。

但是，我的書包裡可沒有這本書啊。

「怎麼啦，花灑？」

「花灑，你怎麼啦？」

小桑與葵花睜大眼睛看著我的臉，但我沒有心情回答他們的問題。

為什麼沒在裡面？我應該有好好塞進書包吧？

該不會我只是忘了帶，丟在房間裡？

「不好意思！我回家一趟！」

「啊！花灑！」

不妙！應該放在家裡吧！有好好躺在我房間裡吧？

＊

「嘔、回、來、邋……」

我一口氣衝出教室，短短八分鐘就抵達自己家。這刷新了我的最快紀錄。

代價就是明顯消耗體力，話都說得卡卡的了……

「怪了？雨露，你怎麼啦？已經到了上學時間耶，你有東西忘了拿嗎？」

「擦、擦不都四這樣！嘔肥房間一下！」

客廳傳來完全是老媽興趣的J家偶像音樂，但這種事根本不重要。總之我現在非找出那本應該放在我房間的書不可。

「在哪裡！給我跑哪裡去了？」

看過床底下，查過書架，找過桌上，用鋼珠筆筆心撬起抽屜的夾層，還是找不到Pansy的書。簡直像是發生了什麼離奇失蹤。

「這是為什麼？不在我房間，也不在書包裡，就表示是在別的地方弄丟了？」

……想起來啊，我……前天確實還在書包裡。

也就是說，如果是弄丟了，就是昨天或今天弄丟的。

而最有力候選是昨天。照順序想想我昨天一整天發生了什麼事啊！

呃，首先是早上小椿說要為我效勞，和葵花——

『嘿～～咻～～～！』

『唔～～咻～～～～！』

「啊！啊啊啊啊啊啊啊啊啊！」

一瞬間，某兩位美少女的喊聲從我腦中竄過。

對喔，昨天不就發生了讓書包離開我手上的事件嗎！

就在小椿和葵花爭著要幫我背書包而展開比拚的那個時候！

搞不好就是那個時候，不知道飛到哪兒去了！記得我書包的拉鍊的確沒拉上……

這麼說來……

「雨露～～不可以不乖乖上學喔～～」

「我、我知道啦！已經要去了！」

我勉強對老媽悠哉的呼喊應了一聲，立刻下了樓梯。

速度已經讓我分不清是摔下樓還是走下樓。

不妙。不妙不妙不妙！

Pansy 說那本書是「我的寶物」。

要是弄丟那麼重要的東西，我會被她討厭……這大概沒差啦。

被 Pansy 討厭也沒什麼關係吧。沒錯！沒關係！真的！

總、總之！得趕快走出家門，趕去昨天書包飛出去的那個地方才行！

「吁……吁……到、到喇……」

我聽說過人類遇到緊要關頭就發揮得出超出原本實力的力量，但就算發揮這種潛力，終究還是有極限。坦白說，我已經累得無以復加。

在此就對能以精神力超越身體極限的各位主角表示敬意吧。我就沒辦法。

不過不管怎麼說，我還是抵達了目的地。呃，昨天書包是飛到哪一帶去了？

「在～哪～～裡～～？」

我一邊發出有幾分像是殭屍的聲音，搖搖晃晃地走向書包飛去的草叢。

昨天，小桑幫我撿來飛走的書包，但很可能當時他忽略了書本。應該說，最好當成是這樣來仔細尋找。

在、在哪裡？不在這裡嗎？不對，可是，沒有其他地方會……

「有啦啊啊啊！」

找到了！我在草叢裡翻來翻去，結果它就顯靈啦！

就是這個！這就是我跟 Pansy 借來的書！成功啦！終於，給我……找……到……

「哞、哞吼……」

好了，各位是否從我那已經無可救藥的哀號聲中猜到了呢？

的確，我成功地找到了跟 Pansy 借來的書。這是千真萬確。

可是說來其實理所當然，這本書就是在草叢裡放了差不多一整天。

至於這代表什麼意思……

「這可不是變得破破爛爛又濕答答了嗎……」

就是這麼回事。

之前借來的時候只是一本舊得紙張泛黃有點明顯的書，但現在不一樣。

書本似乎從草叢吸收了許多水分，而且還沾到四周的泥巴，狀態十分悽慘。

雖然不至於不能讀，但已經不是看完後可以瀟灑說聲「Pansy，我看完啦！」就還給她的東西。

「這……不是開玩笑的啊……」

怎、怎麼辦？要道歉是當然的，但這已經不是道歉就能了事的吧……

既然這樣，該做的事就只有一件……只能先放下課業，多跑幾間書店找出同樣的書。

演出不去上學這樣的戲碼實在不太妙啊……

也可能被ＰＴＡ罵說：「這在教育上很不好！萬一我們家兒子有樣學樣，你是打算怎麼賠！」……所以各位好孩子千萬不可以學喔。

好了，我這個壞孩子就去找書吧。

「……下一間是這裡吧。」

時間是十一點，現在地點在隔壁站。我在書店前停下腳步，若干厭煩地自言自語。

學校最近的車站範圍內的書店我全都找過，不巧的是並未找到。

由於這本書已經頗有歷史，說不定變成非賣品了。

如果是這樣……不對！不要這麼輕易放棄！
決定要做就要做到底。既然這就是我的座右銘，那麼決定要找到就要找到！
「歡迎光臨。」
一走進這間離車站徒步十分鐘距離的書店，櫃台裡懶洋洋的大鬍子大叔就用視線強力表達「這種時間竟然有學生來，這是怎麼回事？」的意念，但我當作沒發現，開始探索。
嗯～～畢竟這書店有點舊，品項似乎不太齊全。
不對，可是像 Pansy 那本有點稀少價值的書，不正是要在這種書店才找得到？嗯，肯定是這樣。
我一邊在店內踱步徘徊，一邊仔細檢查書架。
幸好每天待圖書室，讓我練出了瞬間認出書名的能力。
活在這世上，真的無法預料什麼東西會派上用場。
不過，即使我對自己的能力自豪，還是找不到我要找的東西。
這裡也不行嗎…………嗯？嗯嗯？
「啊！有啦啊啊啊！」
本以為根據我的不幸數值判斷，還得費上一番工夫才找得到，但結果並非如此。
一本書莫名地收在堂皇的展示櫃裡。
無疑就跟我手上這本破破爛爛的書是同一本！

「喂！你很吵耶！會吵到其他客人啦！」
「對、對不起！」
我忍不住大喜過望而叫出來，結果就被罵了。
明明除了我以外一個客人都沒有……不行不行，現在不是暗自抱怨這種事的時候了。
我現在就要買下裝在這展示櫃裡的書。
也就是說，要是店員對我的心證不佳，甚至有可能不肯賣給我。
我假裝彬彬有禮的表面工夫一向是有口碑的，還請各位不要以為我的假面具有這麼容易拆穿。
好了！那麼，就來看看最令人好奇的價格吧！
本人評估金額是一萬元！畢竟都收在櫃子裡啊，相信多少總會有點貴。
四月時，我一時衝動用全額付現的方式買了智慧型手機，還請了某個騷貨吃有點貴的午餐，就把我的存款和身上所有的錢合起來看看吧。
只是話說回來，終究是一本書嘛！相信要買下它是綽綽有餘！
那麼，我們就去看看吧！Open The Price！
個……十……百……千……萬……十萬！
一〇萬二〇〇〇圓！

……等等？這不對勁吧？是不是多了兩個「○」？

就算把今年發售的電擊文庫全都買下，也還敵不過這個金額吧？

嗚！要贏得這場仗，還得借用有著醒目綠色封面的ＭＦ文庫之力才行！

哎呀，不行不行，除此之外還有很多可以依靠的伙伴啊。

對 Sneaker 文庫、Fantasia 文庫，還有 Fami 通文庫也要去拜託。

呵，現在就讓你見識見識巨大組織ＫＡＤＯＫＡＷＡ的力量……等等，贏得這種比賽要幹嘛啦！

不是吧！該想的是要買這本書！不是比價錢比贏！

咦？什麼？這本書有這麼貴？

呃，我當然也想過價錢不會太便宜喔，可是，總要有個限度吧！

Pansy 那女的，竟然借我這麼誇張的書！

根本不夠！憑我身上的錢，根本不夠！

不，如果去下跪磕頭，請老媽把她替我管理的「為了將來需要而存的錢」領出來，也許還勉強頂得住，可是……不可以。

那筆錢是要到真真正正的緊要關頭才能動用的，現在要動用還太早了。

思考啊，我。現在不是被意料之外的金額嚇呆的時候了！

要想出現在我所能辦到的最佳方法！
「不好意思……請問一下。」
「怎麼啦，Sugar Boy？」
我才想問店員先生你怎麼了呢。為什麼唐突地散發出這種冷硬派氣息！
「呃，我想請問放在那裡面的書……」
「那裡面？啊啊，你說那玩意兒啊？那本書是稀少價值相當高的書，所以市面上很不容易看到。」
「原來是這樣啊……其實，我想買那本書，可是現在身上的錢不夠……所以，我會好好存錢來買，可以請你幫我留著嗎？」
我全心全意一拜託，店員就不知打哪兒抽出一根雪茄點燃。
煙對書本不是不太好嗎？
「告訴我理由。」
「那個，是我跟朋……友借了同樣的書，但因為我不小心毀了那本書，所以想賠她。」
「朋……友，是嗎？」
麻煩不要注意我的停頓，我只是要稱她為「朋友」會有點抗拒。
「原來如此啊。是為了『女人』要拚命……是吧。有骨氣，Bitter Boy。」
雖然我也不太清楚，但我從 Sugar 進化到 Bitter 了。

既然這樣，我覺得一開始叫 Sweet Boy 會比較好啊。而且他還順便微妙地誤會了我。

「我無所謂。可是，我要訂個期限。從今天起，兩週後的週四……不，就切個整數，我等你到週五，你就在這之前想辦法籌到錢。」

「謝……謝謝您！」

兩週後的週五啊……在知道錢不夠的時候就已經確定得打工，但確定要在兩週內賺到扣掉我現在身上一萬圓之後剩下的九萬二〇〇〇圓，除非是時薪相當優渥的工作，否則會很難啊……不，要悲觀還太早！現在還不是最差的狀況！

「還有，為防萬一，告訴我你的聯絡方式。要是有什麼狀況，我會聯絡你。」

「好、好的！非常謝謝您！」

呃，我從筆記本撕下一頁，寫上電話……為防萬一，就把郵件信箱也寫上去吧。

我交出這張紙後，為了不讓他對我的心證變差，深深一鞠躬後走出了店門。

好！總之書是找到了！也就是說，接下來要變更目標了！

首先，就去弄幾本在車站免費拿取的打工情報雜誌再去學校吧。

*

「喔！花、花灑，你來得這麼晚！算了，坐下吧！」

午休時間，我一進圖書室就看到坐在閱覽區的小桑暴露在女性群充滿火花的視線之下。相信他應該是一身承受輸家們的怨氣吧。

他非常罕見的對我投以求救的視線……總覺得，抱歉。

「大、大家看，花灑都來了，剛才的那件事就別再提了吧！」

「嗯……也對。」

「知道了呢……」

「……真沒辦法。」

哎呀？葵花……不對，她說過今天網球隊要開會啊。

也就是說，今天最後一個來的人是我？

平常我都比小桑先到圖書室，但今天則是例外。

由於我嚴重遲到，也就被叫到教職員辦公室這個美妙的所在去了。

難得的午休時間應該好好珍惜才對，竟然特地用自己的午休時間來對我訓話，班導師的教師魂偶爾會燃燒起來，實在很傷腦筋。是為了預防ＰＴＡ抗議嗎？

「被罵得挺慘的？」

「算是吧，有點慘。」

我一邊回答小桑的問題，一邊在平常坐的固定位子坐下。

我不敢看身旁的 Pansy，無法直視她。

所以，一邊欣賞坐在對面的 Cosmos 的美貌一邊吃便當就是我的風格。

「這、這個……花灑同學，你這樣一直看我，我會很難為情……」

唔……那我就乖乖低頭，不和任何人對看，吃我的便當吧。

「所以，為什麼花灑同學會遲到？」

Pansy，拜託別問這個。晚點我會好好跟妳解釋清楚。

要是現在這個事實被大家知道，情況會很棘手啦。

萬一被他們知道，最糟的情形下，他們不就會說「我們也來幫忙」嗎？

這次的事，我會自己一個人搞定。

我下了這個決定，所以現在得想辦法掩飾過去才行……

「沒、沒有啦，不是什麼大不了的理由，別在意！」

「有理由的話我就會在意。」

該死！我本來以為避開了「找東西」或「書本」這些危險的關鍵字，順利地躲過了追問，但我太天真了！哪個人來救援……不，不行！

Pansy 的發言之下，其他三人竟然也都給我做好了聽我遲到理由的準備！

要如何才能擺脫這個狀況？除了我以外的四個人都把視線集中到我身上，散發出要我趕快說的氣……對、對了！我有靈感啦！

只要改變話題就好了！

只要提供比我遲到這件事更讓大家有得聊的共通話題就行了！
看我想出一個從所有人的興趣歸結出來的美妙話題……等等，根本就沒有這種話題吧？
冷靜一想，就發現我們幾個人的興趣差異可是相當大的。
Cosmos 的興趣是下廚，小桑是棒球，Pansy 是書，小椿是炸肉……有了！
找到共通話題啦！
「對、對了，小椿！你們家的店不是今天開幕嗎？然後我打算今天放學後就跟大家去，妳有沒有什麼推薦的菜色？」
就是這個啊，這個！正巧大家說好了今天放學後就要去小椿的店！
只要這個話題談得熱絡，時間自然就會過去！我好聰明！
「嗯？推薦的菜色？我想想，我是推薦鵪鶉蛋串呢。那麼，為什麼花灑會遲到呢？」
小椿！不要這樣，不要把話題拉回去！多聊聊炸肉串的話題嘛！
「啊、噢，這樣啊！鵪鶉蛋啊！我懂了！我一定會點！小桑也一起點吧！好不好！」
「好啊！我另外還打算點炸帆立貝串！畢竟陽光炸肉串店的帆立貝是一定要吃的！那麼，為什麼花灑會遲到？」
小桑～～不要那麼擔心我！
別在意我，儘管大談你最愛吃的炸肉串啊！
「是喔～～帆立貝啊？聽起來很好吃啊！嗯！我也會點！難得大家一起去，Cosmos 會長要不要也一起點？」

「咦？啊啊，也對。我本來就打算要盡可能多吃幾種不同的炸串，幫助學習廚藝，所以沒關係。那麼，為什麼花灑同學會遲到？」

……是那招嗎？這表示我進入了一條不管重來幾次都非回答遲到理由不可的世界線嗎？這就是世界的選擇嗎？

不對！不要放棄！說不定Pansy奇蹟般地會成為最後的希望……

「是、是這樣嗎？那，Pansy……」

「那麼，為什麼花灑同學會遲到？希望你趕快告訴大家。」

轉眼間就被拉回起跑點了……

該、該死……我本想設法蒙混過去……但行不通。

或許是因為我不理會他們已經問出好幾次的這個問題，場上的氣氛已經進入「拚著一口氣也要問出我遲到的理由」的模式，無論如何掙扎都不會有所改變。未來已經確定了。

沒辦法。就想辦法隱瞞住書的這件事，朝說得通的方向說說看吧。

「…………是這個啦。」

我在書包裡翻找了一陣，拿出來的是在車站免費索取的打工情報雜誌。

我就像被抓到抽菸的學生一樣認命，把雜誌擺到了桌上。

「這是……打工雜誌？花灑同學需要錢？」

Pansy 妳可別小看我。妳多半會想查出我需要錢的理由，然後一步步找到真相，但妳別想如意。

我早就知道會有這種事，所以已經準備好被問起時的藉口！

「是啊。前陣子我花錢花太凶，沒什麼錢。照這樣下去，我會沒辦法去做想在暑假做的一件事。所以，我需要錢。」

「想在暑假做的事？是什麼事情呢？」

「是旅行。我計劃從八月上旬開始要出一趟遠門，所以需要錢。」

順便說一下，就如先前所說，這件事毫無虛假。

雖然還不確定，但只要滿足某個條件，我就會在今年八月去旅行。

目的不是觀光或逛街吃美食那一類。

若要問我是去做什麼……

「花灑，你這是……嘿！我知道了！那今年我一定會為你贏下來！」

從剛剛小桑的發言，腦筋動得快的讀者應該就猜到了吧？

沒錯，就是甲子園！

就快了……再一個月出頭的時間，就會有一群熱血男兒為了爭奪夏天甲子園門票而展開一場大戰。

我就是盤算如果我們學校打贏，就要去甲子園為球隊加油！

所以，我需要錢！本來我就打算在暑假開始的同時，大量應徵給付日薪的打工，存錢去甲子園，現在也只是把這個計畫提前而已！

如何？這個說法完全只有真相，連 Pansy 的追問都躲過啦！

然而代價卻是坐在對面的 Cosmos 眼神變得非常銳利，這是何解？

「也就是說，花灑同學是為了找打工而遲到？這我可不太能認同啊。既然是這樣，放學後再找不也可以嗎？」

嗚嗚……正經八百的學生會長 Cosmos 不能接受這種行徑啊。

我只顧著瞞過 Pansy，太大意了。

「話、話是這麼說沒錯啦，可是……」

「可是？」

「沒有，我什麼都沒說。非常抱歉，以後我會注意……」

「那就好。以後要注意。還、還有……」

嗯？Cosmos 突然忸忸怩怩起來，她的少女開關是在哪裡打開的？

「我身為學生會長，有必要知道學生的動向，所以你的打工日期還有暑假空著的日子等等，之後……也都要告訴我！」

喂，會長，妳老實不客氣地濫用職權個什麼勁兒啊？筆記本也都準備好了嘛！

雖然覺得告訴她也無妨，但總覺得她又會像花椰菜事件簿那次那樣失控，實在很可怕。

總之，現在還是含糊其詞帶過吧。

「我明白了。等日期確定，我再告訴會長。」

「唔、唔！這樣就對了！………太棒啦！」

Cosmos，最後那句話我聽見了，妳根本就沒有小聲在講。

「也對。那我身為圖書委員，也最好能掌握花灑同學的打工日期，之後可以麻煩你告訴我嗎？」

「不對，不可以。」

對這邊我就有著穩固的不祥確信，所以沒理由告訴妳啊。

「這也就表示，我哪天突然找上門去也沒關係吧。你這麼信任我，我好高興。」

好的，又來啦！Pansy 的正向思考！

而且要是妳找上門，我卻不在家，妳是打算怎麼辦！雖然我在家也會裝作不在就是了！

「妳自己跑來，要是我不在家，我也不管。」

「沒關係。我會先跟勞莉葉女士聯絡。」

喂，這聯絡對象不對吧。

「所以，遇到花灑同學不在的情形，我就跟勞莉葉女士聊聊天，參觀參觀你家。看，沒有問題吧？」

看，根本全都是問題吧？這女生是怎樣？真的是拜託饒了我吧。

還參觀我家咧，絕對是只把重點放在特定房間吧？她實在太會觸發強制事件，讓我都想哭了。

「啊，原來如此呢……花灑。」

「怎麼啦，小椿？」

我完全搞不懂是怎麼個原來如此，不知道她能不能把這點也一起解釋清楚？

「如果你在找打工，要不要來我的店工作？」

「咦？我去小椿的店裡工作？」

「嗯。我的店，是今天開幕，但是人手不足。如果花灑願意來店裡工作，我會很高興呢。啊！比賽已經結束了，所以這當然跟報恩沒有關係！我會好好使喚你做牛做馬，你可以儘管放心呢！」

這些發言裡毫無可以放心的成分，但我該怎麼辦才好呢？

「可是，我對下廚之類的完全不行，可不知道能不能派上用場啊。」

「這不要緊！畢竟廚房本來就得是像我這樣熟練的串者才頂得住！我是想把外場交給花灑呢！」

是嗎？原來熟練的炸肉串師傅叫作「串者」啊？我還是第一次知道。

「還是說，花灑也想當個串者？」

「不，這就不用了。」

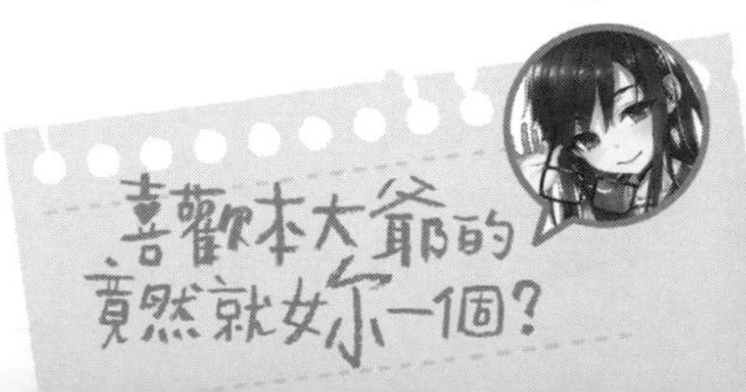

「是、是嗎？有點遺憾……那麼，怎麼樣？要不要來我店裡工作？當然就算只做短期也完全沒關係呢！」

她整個人往桌上靠過來，上半身朝我逼近。

真是不可思議啊。炸肉串聽起來熱量就很高，為什麼她可以維持這麼苗條的體型呢？不過這點就先不管。

「順便問一下，時薪大概多少？」

說來現實，但我需要盡快賺到高額的錢。所以，我想在高時薪的店工作。

餐飲店……像家庭餐廳或速食店就給人一種時薪很便宜的印象。

不巧的是，我又沒有魔王大人那樣的毅力，希望時薪從一開始就至少要有一千圓。

「嗯，是一二〇〇圓呢。」

「請讓我去工作！」

「真……哇！」

好高！時薪好高！給高中生時薪一二〇〇圓，也太ＶＩＰ待遇了吧！

我立刻拜託她！忍不住按住她的雙肩，強而有力地懇求她。

「我要去工作！我要去小椿店裡工作！所以求求妳，僱用我！」

「這、這個，花灑，我是非常高興，但你臉離得這麼近……我、我有點難為情呢……」

「啊，抱、抱歉！」

哎呀，不行，我忍不住衝動了。
還全力把鼻子呼出的氣噴到小椿臉上……以後還是小心點吧。
「這、這是我的初體驗之四呢……啊，那你從何時開始工作呢？」
小椿忸怩地晃動身體，顯得很難為情。
就是說啊。距離近得差點就會親上去，實在很令人難為情……我們先等一下。
我怎麼覺得妳的「初體驗之三」是發生在我夢裡……
「……也對。最快可以從何時開始？」
我很在意到底第幾次，但有別的事情讓我更在意，所以就以這件事為優先。
絕對不是怕得不敢問，這點請大家不要誤會。
「既然花灑想來工作，從今天開始也行呢。」
「我就從今天開始工作！」
本來今天我們是要五個人一起以客人身分去小椿的店光顧，但就算其中一個人變成店員，應該也沒關係吧。畢竟我要盡可能快點賺到很多錢。
「那花灑同學放學後就不能來圖書室了？」
給我跑出了這個問題啊……
的確，平常我放學後都會去圖書室，可是現在是非常事態啊。
「呃、呃……是、是啦。存到目標金額前，有點不方便去……」

「…………我好寂寞。」

嗚！妳平常明明就淡淡地若無其事，不要偏偏挑在這種時候露骨地沮喪。

我午休時間都有好好做到我們約好的「每天來圖書室」，有什麼關係嘛！

「不好意思，我也有我的苦衷。所以，放學後暫時沒辦法去。」

我要冷靜啊。要是現在口氣變得窘迫，Pansy 絕對會抓住弱點攻擊。

所以，最好的方法就是盡可能說得理所當然。

「……我知道了。」

她嘴上這麼說，但似乎還不服氣。

「還有啊……Pansy……」

「什麼事呢？」

「這個，晚點我有話要跟妳說，看是下一堂課的下課時間，妳方不方便借我點時間？」

「現在不行嗎？」

她語氣平淡，但聲調比平常要低了點啊。

只是這麼一個跡象就讓我滿心罪惡感，陷入一種難以言喻的心境。

「嗯，現在不太方便……放我一馬吧。」

「真沒辦法。那麼，看在你這哀求聲的份上，我就忍一忍。」

眼前似乎是讓 Pansy 也接受了，後續就等下課時間再全力去面對吧。唉……好憂鬱……

＊

到了第五堂課下課時間的同時，我一揹起書包來到教室外就看到 Pansy 站在走廊上。

她為什麼可以比一上完課就立刻走出教室的我先來到走廊待命？

「不好意思，讓妳等很久啦？」

「不會，我才剛來。」

太好了。這次她相對沒那麼像超能力者。大概是因為早了點下課吧。

這就先不管，剛剛的對話有點像是約會碰頭時會說的，讓我有點排斥。

「是嗎？那我們換個地方吧。這裡人來人往的。」

「知道了。還有，剛才的談話，在約會時也來說一說吧。」

「這我無法答應。」

「真沒辦法。看來你下次願意和我約會，我就忍一忍吧。」

我拒絕講台詞，卻莫名變成確定要約會。

不過，該怎麼說，她似乎比午休時間時要有精神了些。

單就這次而言，Pansy 的正向思考神奇地讓我就是會放下心來。這讓我很想痛揍自己一頓。

「這裡就沒有別人在，也不會被人聽到我們說話啊。」

沿著走廊前進，抵達了下課時間會比圖書室更沒有人去的靠近樓頂的樓梯。

好，這次一定要好好解釋清楚情形。

「哎呀，接下來你會拿我怎麼樣呢？我好心動喔。」

換作是平常，我會覺得 Pansy 這種雀躍的聲調很煩，但今天聽來卻顯得完全不一樣。

我本以為她說不定是以她拿手的讀心能力猜到是怎麼回事，但看來並非如此。

她顯得純粹是有所期待。

可是，現在我要說的內容就會讓她……不，現在不可以畏縮！

該做的事情就要好好做。首先要規規矩矩地一鞠躬。

「對不起！那個……之前我跟妳借的書，因為我的不小心給弄爛了。」

「咦？」

現在 Pansy 臉上有的是什麼樣的表情呢？

我在鞠躬，所以看不到她的臉，心中同時有著想看的自己和不想看的自己。

「你把我借你的書……給弄爛了？」

Pansy 似乎隔了一陣子腦袋才跟上我說的話，複誦了一次我說的話。

所謂胸口被絞緊，講的實實在在就是這種情形啊。

「嗯、嗯。我沒注意到，書昨天掉到草叢裡……」
「要怎麼個不小心，才會弄成這種情形？」
不妙……這非常不妙啊……
我是盡可能不想提到她們兩個的名字……但我該怎麼回答才好？
「我在問你……為什麼？抬起頭來，看著我的眼睛，老實告訴我。」
我戰戰兢兢地抬起頭一看，發現 Pansy 已經來到比我預料中更靠近的位置。
從近得只要 Pansy 微微踮起腳尖就會讓我們親到嘴的距離飄來的溫和香氣，讓我往另一個方向心跳加劇，但現在不是想那種念頭的時候。
「呃、呃……我書包拉鍊沒拉上就飛出去，就是那個時候掉出來的……」
「原來你過的日常這麼血氣方剛，我都不知道。」
Pansy 一副拿我沒轍的口氣往後退。說不定這是她第一次主動遠離我……
「那麼，我的書現在變成什麼樣子了？」
「這個，是這樣。」
從書包裡拿出的這本跟 Pansy 借來的書吃進了水氣與泥土，變得破破爛爛又皺巴巴的。
雖然不至於不能讀，但終究和本來的模樣大不相同。
雖說早已做好心理準備，但像這樣拿給她本人看，仍然讓我相當緊張。
「……好慘呢。」

「所、所以啊，為了表示歉意，我打算打工存錢直到買下一樣的書還妳為止，放學後我沒辦法去圖書室……啊！小桑那件事也不是騙妳喔。可是，那終究是順便……買書才是我真正的目的……」

「原來啊。以你來說，對我搪塞得挺高明的嘛。」

雖然她難得誇我，但聲調完全不是這麼回事……有夠可怕……

「不、不好意思啦……大家都在的地方，我不太方便說……」

「照你的作風，我想也是。真沒辦法……搪塞我的這件事，我就特別原諒你。還有，你也不必重新買過同一本書。」

什麼？妳說我不用重買同一本書？這種謊話……啊，她不會對我說謊啊。

那麼，應該就是真心話吧。可是啊……

「這可不行。再怎麼說，這書也不便宜啊。」

「我沒關係。雖然真的很遺憾……但也沒辦法。」

啊，看她這樣，比午休時更沮喪啊。

這種時候，我該跟她說什麼才好？

不管怎麼想都完全是我不好，要鼓勵她也站不住腳。這麼說來……

「真的很對不起！那個，如果有我做得到的事，我什麼都做！」

對 Pansy 說這句話相當危險，但我仍然該說。

啊啊……不知道她會要我做什麼。畢竟她十分生氣，恐怕會出相當的難題……

「那我希望你不要打工，以後也在放學後來圖書室。」

咦？我聽到的話和預料中完全不一樣啊……

我還以為她討厭我了，看來倒也未必？

「我不可能討厭你。」

這樣啊？可是這句話的安心感完全被這種讀心帶來的恐懼感壓過去了耶。

不過，該怎麼說，就表示歉意而言，這比我打算做的事情要輕鬆多了。

因為說穿了就是要我別去做辛苦的打工，照舊就好。

哎呀！Pansy 也有好的一面啊！既然這樣，妳的好意我就……

「不用。我會重新買過一本還妳。」

想也知道我不能恭敬不如從命。

Pansy 想說什麼，我當然也懂。

應該就是，那個……就是她說她喜歡我，所以想跟我在一起吧。

既然 Pansy 本人都這麼說了，也許這樣會讓她比較高興。

可是啊，問題不在這裡啊。

「就算我說用不著？」

「就算妳說用不著。」

「……是嗎？」

Pansy 微微停頓，想通似的應了一聲。

唔。她每次說話停頓，我都猜不出她在想什麼，實在有夠可怕。

說不定在我重新買了書還她以後，她會叫我陪她約會來表示歉意。

……就先做好覺悟吧。不，我還是辦不到。要是她這麼說，我會逃走。

「那麼，這本破破爛爛的書要怎麼辦？如果可以，我是希望這本你也能還我。」

唔，果然提到這個了啊……

其實我雖然讓 Pansy 看到書本的情形，卻並未交給她。而我這麼做，當然是有理由的。

雖然我也知道自己把書弄成這樣還說這個未免太自私……

「這本書，再借我一陣子。」

「這是為什麼呢？」

「…………因為我還沒看完。」

這本書的確破破爛爛，但並不是不能讀。

所以，我打算好好看過，告訴她感想。

要是沒看完這本書就還她，那就等於我主動違背了和 Pansy 的約定。

除非 Pansy 叫我還她，不然在看完之前，我都不打算還她。

「哎呀，本來還以為你很自私，原來也有一點體貼嘛。」

Pansy 先前一直顯得拿我沒轍的口氣微微變得雀躍，讓我稍稍放下心。雖然我說這句話倒也不是想爭取加分啦……這女人的評價基準還是一樣充滿神祕。

「我才不是體貼妳，這是我的堅持。」

「那就隨你高興。」

「我是這麼打算。」

「話說完了吧？那我走了，愛逞強的花灑同學。」

「好，就這樣。」

Pansy 轉身背對我走遠，腳步看似比平常沮喪，多半不是我多心……是我的錯吧。

該死！既然這樣，我就拚命工作工作再工作，好好存錢，讓我重新買過書以後，暑假也能以萬全的態勢出門！這樣一來，事後就不會再有疙瘩，一切都會恢復原狀！

＊

「花灑，那晚點在小椿店裡見了！打工要加油喔！」

放學後，葵花不知道什麼時候已經得知我要打工的事實，一邊對我丟出這句激勵的話，一邊出發去參加社團活動。

葵花啊，感謝妳的聲援。我當然打算加油，所以妳放心吧。

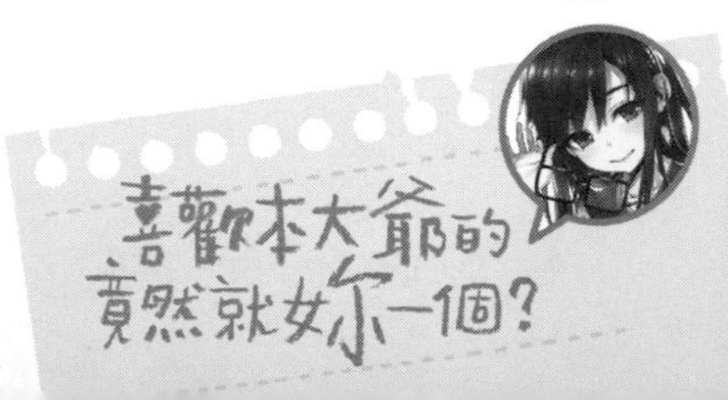

我的幹勁說是滿出來都不為過。

雖然從未體驗過這樣的職場，但我這個壞孩子對 Pansy 報告完之後，跟小椿拿了手冊，在上課中就全部看完了，推演也很完美。

打工時要用到的行話，我也記住了不少。例如一號是廁所，二號是倒垃圾等等……之後就只剩下實踐！哼哼哼，我就讓大家見識見識我那正式上場時才強的實力。

雖然我有點……不，是相當緊張。

「花灑，你有過打工的經驗嗎？」

我離開學校，走向店裡的途中，聽到走在身旁的小椿開朗地問起。

搞不好她是要舒緩我的緊張？

「沒有，一次都沒有。頂多只有在爺爺家幫忙整理庭院，還有幫忙整理圖書館的書。」

「這樣啊。那我想大概有很多事情會很辛苦，但是要加油喔。」

「好，包在我身上！」

為了強調我充滿幹勁，就來個小桑風格的熱血微笑！

相信這世上沒有哪個女人看了我這種笑容還會不了解我的幹勁。

「嗯，你真靠得住呢。不過，你這臉壞透了，不要笑給客人看喔。」

看，她這不是了解了嗎？我再也不會露出熱血微笑了。

而且還順便從奇怪進化到壞透了啊？感覺得出自己的成長啊。

我到底要露出什麼樣的笑容才能讓小椿接受呢？

我差不多已經要沒招了耶。

「如果有不懂的地方，記得找附近的人問喔。雖然也有正常打工的人，但名牌上貼了藍色圓形貼紙的就是從總店調過來的身經百戰的老手。」

這樣啊，原來炸肉串店也經歷過各式各樣的戰鬥。

我很好奇到底是什麼樣的戰鬥，有時間再問問看吧。

*

「呼……呼……」

「來喔！炸串拼盤讓您久等啦！麻煩端到6號桌呢！」

「好、好的！」

「如月老弟！菜端完了就麻煩去整理4號桌！」

「知道了！」

不妙……這工作，相當辛苦啊。

體力上固然勞累，但這種忙碌感更是可怕。

從來到店裡時就很熱鬧，我還只是悠哉地想著可能會很忙，但等到實際工作過才知道原來想跟做有這麼大的差別。

客人的喊聲和其他店員的指示從四面八方飛來，讓我連判斷是誰在說話都有困難。

「久等了！為您送上炸串拼盤！」

「咦？我們沒點這個啊？」

「咦？請、請等一下！」

「失禮了！為您送上炸串拼盤！」

奇怪？這裡是6號桌沒錯吧？等等，明明就9號！有夠容易搞混的！

害我想對決定數字形狀的人全力抱怨了。

我趕緊把炸串拼盤端到6號桌去。

看到各位大學生津津有味地喝著啤酒，讓我忍不住吞了吞口水。

看起來就很好喝啊～我成年後也想喝。

「然後啊，美智子真的就給他喝哈然後啪啊嗚……啊，放那邊就可以了。」

美智子是何方神聖啦？不，現在不是好奇這種事情的時候了。

「好的。」

接著得去整理4號桌才行！

聽說4這個數字不吉利，但形狀非常明確，幫了我大忙。幸福。

眼前「1」和「7」、「6」和「9」這兩組數字就先給我滅亡吧。

「啊！花灑在工作！是花灑耶，花灑！」

我收拾飯菜，忙碌地用抹布擦拭桌子，就聽到一個耳熟的嗓音。

好厲害啊。有這麼多人的喊聲來來去去，葵花的聲音我卻硬是聽得清清楚楚。

「……歡、歡迎光臨。」

我朝店裡的時鐘一瞥，時間是十八點四十五分。

本以為從開始上工還只經過了三十分鐘，但看來並不是這樣。

結束了學生會和社團活動，Pansy 等四人來了。

「啊哈哈哈哈！花灑說了『歡迎光臨』！他說『歡迎光臨』！」

臭丫頭……我正忙著工作，妳卻給我笑得這麼悠哉。

「葵花同學，花灑同學正拚命工作，不可以妨礙他。」

喔喔！不愧是 Cosmos！這句話是多麼貼心。

「花灑，你穿這制服挺合適的啊！我們彼此加油吧！」

小桑！就是啊，我要努力打工，你努力練棒球，將來要一起去甲子園……等等，我這打工和甲子園沒有關係啊。

嗯，我們彼此加油吧。

「不可以太勉強自己喔。要是累了，記得跟我說。」

Pansy，麻煩妳先說清楚，如果我累了，妳到底打算做什麼？

坦白說，還挺恐怖的。
「四位有預約吧。那麼這邊請。」
我用打工口氣笑咪咪地為站在最前面的 Cosmos 帶位。
這種時候就該找正經又靠得住的學生會長說話。
「嗯！也對！……咳！那麼，就、就麻煩給我這間店最推薦的『店員牽著客人的手為客人帶位』！首先由我開始！」
「本店沒有提供這樣的菜單。」
我弄錯依靠的對象了。早知道就該對小桑說話……
「Cosmos 學姊，不對啦，妳應該說：『店員先生，麻煩給我一個愛的微笑。』首先由我開始。」
「本店沒有提供這樣的菜單。」
妳們這種理所當然的口氣跟熟練的手勢是怎樣？我哪有可能這麼做？
總之我就先把他們四個人帶到座位上，叩的一聲送上水。
好了，接下來是——
「喂！那邊那個小鬼！趕快來幫我點餐！我可是客人啊！」
怎麼有個很勁爆的大叔在叫我啊……就過去吧……
「那、那你們自己開心玩！……好的，久等了！」

「你這小鬼慢吞吞的！高湯煎蛋卷、生啤、番茄冷盤、毛豆……還有炸串部分，豬肉三串、香菇一串、鵪鶉蛋兩串、杏鮑菇一串、帆立貝一串。」

「咦、那、那個……不好意思，可以請您再說一次嗎？」

呃，別這樣一口氣講完好不好？炸串部分我只來得及記前半段啊。

「啊啊？你這小子腦袋真差啊！那好，給我聽仔細了！」

「唔、唔喔！」

大叔用力揪住我的衣領，嘴湊到我耳邊。

哇！這個人酒味好重！給我喝得這麼醉啊……

「高湯煎蛋卷！生啤！番茄冷盤！毛豆！馬鈴薯沙拉！香菇！豬肉要三串！鵪鶉蛋兩串！雞肉丸！帆立貝！記得了嗎？」

「好、好的！」

囉唆~~~！可、可是，這次總算勉強抄下來了。

總覺得和他剛開始說的有幾樣不同，不過就算了。相信後半吧。

啊啊，腦袋發脹啊。

「竟然沒辦法一次就記住……真呆！」

就是啊，我就是呆啦~~♪

「正常店員一次就該記住啦！你真的很呆耶！」

那又怎樣啦，我就是呆啦～～♪
好了，再這樣被他說呆，我腦袋都要炸成爆炸頭了，還是趕快把點菜單送去廚房吧。
「點菜單來了！我放在這裡！」
「知道了呢！」
好了，接著是……啊啊，得去 Pansy 他們那邊幫他們點餐才行啊。
「久、久等了。請問要點餐了嗎？」
「嗯咕！嗯咕！水好好喝！啊，花灑一臉很累的樣子！累的時候就要補充水分啦！」
「是喔……是這樣嗎？」
就算妳這麼說，我也沒空喝水啦。
「所以，這個給你！來！喝水！」
不愧是天使騷貨！竟然把自己喝過的杯子放到我前面！
在哪裡？是這裡嗎？不，這只是普通的水滴！看見了！……肯定是這裡！
「非常謝謝您。非常謝謝您。」
「嘻嘻，不客氣！……咦？為什麼要說兩次謝謝？」
是因為有雙重的喜悅。
「原、原來如此！竟然還有這一招啊……」
「……真有妳的，葵花。」

妳們不要模仿。尤其辮子眼鏡女千萬不要。

之後我幫大家點完餐，正抄到點菜單上，葵花似乎就在菜單上發現了有興趣的東西，猛一舉手。也不用這麼正經。

「花灑花灑！我啊，想吃香草冰淇淋串！好像很好吃！」

「好的。」

「啊哈哈哈！花灑說了『好的』，好厲害好厲害！」

對葵花來說，我說敬語似乎戳中了她的笑點，從剛才她就一直在爆笑。

「還有啊，花灑，下次的網球比賽，大家都說會來幫我加油！所以，花灑也要來幫我加油喔！我會努力的！」

「好的。請問餐點點完了嗎？」

「點完了～～！謝謝你，花灑！」

葵花真的是不管什麼時候都一個樣子啊。也不知道該不該說是我行我素。

好了，把這幾個傢伙的單送過去之後，接著就要端菜……

「喂，小鬼！我們炸串和高湯煎蛋卷還沒送上來啊！是要讓我等多久！」

你這大叔很囉唆耶！明明就沒等多久！

而且啊，這世上哪有剛點一分鐘出頭就能送上的炸肉串——

「來喔！久等了！客人點的菜在這邊！」

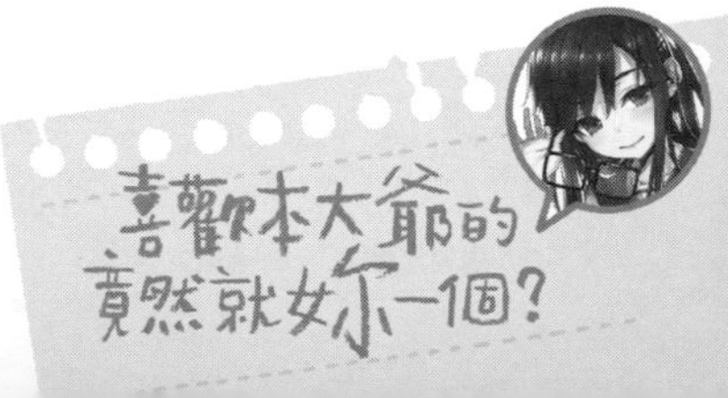

好快！是怎樣炸的？這可不正常啊！

之後我把 Pansy 他們點的單告訴小椿後，她還是一分鐘出頭就炸好，然後我送了過去。

熟練的串者好厲害啊。

＊

二十二點。店還在營業，但由於我是高中生，打工就到這裡結束。

小椿也從廚房抽身，現在跟我一起待在休息室。

「辛苦了，花灑。」

「啊啊，小椿也辛苦了。妳好厲害啊，竟然那麼快就能炸好炸串。」

我換上制服，坐到折疊椅上說了一聲。

我是很想立刻回家去，但累得不太有力氣動。

我打算大口喝茶，等體力恢復一些再回去。

「哼哼，那點東西只是小意思呢。」

她的眉毛開心地跳動。看來炸串功力被誇獎會讓她挺高興的。

「對了，花灑，關於薪水，你說希望累積到九萬二〇〇〇圓！之後一次交給你是吧？」

「嗯。那個，如果不行也沒關係，但如果可以，這樣會幫我大忙。」

畢竟這裡的打工薪水本來應該是按月支付的啊，如果不行，我本來打算拜託老媽從那筆存款借用，但如果沒有必要這樣，我是希望不要動用。

我是不抱指望地拜託看看……行得通嗎？

「嗯，不要緊呢。」

不愧是「對我好的女生」排行榜上領先的小椿。我都想膜拜她了，還挺認真地想拜。

「可是，為什麼？花灑打工不是因為想賺到去甲子園的旅費嗎？既然這樣，我倒是覺得按月給也沒關係呢。」

「也、也是啦……這麼說也沒錯，可是我另有別的苦衷。」

「這樣啊，我明白了呢。」

這個女生雖然有時候也會突然做出挑戰之類莫名其妙的行動，但基本上實在很會察言觀色，或者說很會體貼別人的心意啊。像現在她也不詳細追問我的情形。

「那麼相對的，我有問題想問你，可以嗎？」

「照小椿的說法，就是『得看內容而定』吧。」

「啊哈哈，這不是我之前說過的話嗎？你還真會記得一些怪東西。」

我倒不是去記小椿說過的話，只是因為我自己問的內容令我印象深刻才會記住。

只是對小椿而言，這大概不重要吧。

「至於內容，我是希望你告訴我昨天那場比賽的感想呢。」

「昨天的比賽？」
「嗯。葵花拚命想幫花灑揹書包，Cosmos 學姊做了便當來，Pansy 花了心思想讓花灑高興。那些，你覺得怎麼樣？」
也是啦，事情都過去了，這點小事老實告訴她應該也沒關係吧。
雖然要說能不能真的老實說出來，還挺難說的……
「坦白說，糟透了。妳也不例外，每個人都在關鍵的地方搞錯焦點，偏偏很巧妙地給我避開我會高興的點。可是啊……」
「可是？」
「我有夠高興，而且也覺得有夠感謝。我真的這麼覺得……然後，罪惡感不是蓋的。」
「……為什麼會有罪惡感？」
「當然會有吧。為了我這個沒用的傢伙，圖書室裡的大家那麼努力，是讓我幸福到了極點沒錯，但我還是……會覺得過意不去啊。」
世界上那些被稱為主角的傢伙，不管在高中生活過得主動還是被動，都認知到某種夢想、目標、該做的事情而行動。
所以他們才會是當主角的料。
可是，我沒有任何要做的事情，就只是日子一天一天過。
所以我才會是當路人的料吧。

光是待在圖書室和這群有事要做的人一起度過那樣的時間這件事本身，就已經像是一種奇蹟。

「花灑才不會沒用……呢。」

小椿人真好，竟然為了像我這樣的路人說出這樣的話。

也是啦，從某個角度來看也不會沒用吧……畢竟以路人來說我實在太模範了。

「像今天花灑也很厲害呢，穩健得一點都不像第一次打工，所以你可以多點自信呢。」

「要知道我可被那個大叔罵得很慘耶。」

「那也一樣……來，你看你看，這是你第一次寫的點菜單。機會難得，我就想說留起來當紀念。」

「喔、喔喔……」

小椿面帶笑容拿給我看的紙上寫著我那因為緊張而歪七扭八的字。

仔細看了看，勉強看出上面記載了「可樂」和「炸串拼盤」。

「你的字很醜，最好能盡量寫漂亮點呢。」

「……以後我會加強。」

「呵呵呵，這是花灑的初體驗之一嘍。」

之前的五圓硬幣也是，該說小椿很愛惜東西還是有拿東西當紀念的習慣？

我是無所謂啦，但看她那麼高興，就覺得有點難為情。

嗯～～……總覺得氣氛很微妙，這種時候還是堅守路人本分，選擇撤退吧。

然後等回到家就翻開 Pansy 借我的書，能看多少就看多少吧。

畢竟這樣一來，相信就多少跟得上她的話題。

「那我走了，小椿，明天見。在學校還有店裡，都請多指教了。」

「嗯，明天見呢。」

最後我跟小椿說聲再見，就離開了陽光炸肉串店。

我不想讓任何人知道的事

第四章

「如月老弟，麻煩幫2號桌的客人點餐！」

「知道了！」

我開始在小椿的店打工一陣子之後的星期一。

時間時時刻刻過去，離老闆幫我留書的期限已經只剩四天。

只聽我這麼說，也許會覺得有點陷入危機，但請各位放心。

照算下來，只要照現在的步調努力，是可以確實達到目標。

也就是說，對現在的我來說最重要的不是存不存得到錢，而是能不能確實做好打工的工作，只是……這個部分也請大家放心。

接下來，就為各位展現我——如月雨露華麗的成長吧！

「不好意思，請問要幫各位點——」

「呃，鮮榨葡萄柚沙瓦跟威士忌薑汁汽水，還有，一杯生啤酒。然後，整條的醃小黃瓜跟凱薩沙拉。炸串拼盤一份，還有，另外加點帆立貝兩串、洋蔥三串、杏鮑菇一串、鵪鶉蛋兩串……你們兩個還要其他的嗎？」

「啊，麻煩給我培根。」

「還有麻煩加一串蔥。」

喂喂，不要在我問完「請問要幫各位點餐了嗎」之前就二話不說直接點菜啦。

真希望客人可以先點飲料，然後再想要吃什麼。

但這不成問題。我全都確實抄寫下來了。

「好的，請稍等。」

如何？和第一天相比，看得出大幅的成長吧？

單子上寫了「鮮葡」、「薑威」、「串拼」等種種菜色的縮寫。

這就是我每天努力打工，渴望能迅速抄下客人點餐內容而得到的能力(Order)——「縮寫(Short Write)」。寫成英文就會帥氣一點，所以就寫了。

之後只要每天用手機更新部落格，練到可以預測特定的未來，我想就完美了。

「客人要點餐了！」

「嗯！知道了呢！」

「來喲！鮮葡、薑威，還有生啤！麻煩了！」

但還是比不上身經百戰的老手。

竟然在我問了點餐內容而送到廚房之前就已經準備好飲料了……

身經百戰的老手所具備的能力「仔細聽取(Tightly Listen)」還是那麼精湛。

「知道了！」

不管怎麼說，當初我對打工還有若干不放心，但這是杞人憂天。

工作雖然辛苦，但我就像這樣每天過得一帆風順。

「久等了，為各位送上飲料。」

「好的～～啊，隨便放在那邊就好，我們自己會分。」

「謝謝您。」

我就恭敬不如從命，把飲料往桌上叩叩叩地放下去。那麼，接下來是——

「喂，小鬼！趕快來幫我點餐！」

呃……是真山大叔啊……真不想過去啊……

「好的，久等了……請問要點餐嗎？」

「我不就說了嗎！你還是一樣笨啊！」

看吧，我還是一樣笨呢。

所以，請您以後給我去找其他人服務。

「你這什麼臉？有意見嗎？」

不是的～～我滿腦子都只有意見～～

「哪兒的話。」

我一邊暗自咒罵，一邊面帶笑容否認。

這個真山大叔從開幕第一天就幾乎每天都來光顧，但莫名地把我當眼中釘，老愛說話諷刺我，是個非常麻煩的人物。

一下子說我態度差，一下子說我口氣不好，一下子說我眼神死……找碴的情形實在太多，到一半我就懶得數了。

各位也不會記得自己過去吃過多少個麵包吧？就是這麼回事。

「實在是，擺出一副會讓飯都變難吃的臉……」

大叔，你很煩耶。從初期、中期到尾聲都在找碴，完全沒有空檔啊。可是我不會認輸。

呃……是棋子……我就讓大叔見識見識我作為棋子躍動的打工本領。

「那麼，餐點部分，我要高湯煎蛋卷和……」

我華麗地寫下大叔點的一長串餐點，再度走向廚房。

等我把單子送到，先前那幾個大學生點的菜還有大叔的生啤酒都已經準備好了。

後來大叔酒足飯飽諷刺夠了，催我去結帳，所以我到了收銀台。

「一共是四一一〇圓。」

「啥？我有吃那麼多嗎？你該不會給我亂加……沒有，算了……拿去。」

款項很 Sweet（註：「四一一〇」可以硬湊成接近 Sweet 的日文拼音），但從他嘴裡呼出的酒臭味與油膩味混在一起的老人味非常臭酸。

「找您九〇圓，這是明細。」

「好。」

「謝謝光臨！歡迎再度光臨！」
我暗自在心中無意義地咒罵「不要再來了」，大叔拜拜。
「喔，真山先生今天已經回去啦？」
我正為了棘手的客人回去而鬆一口氣，打工領班金本哥就出現了。
這個人是從總店調過來的可靠大好人，現在三十二歲。說是辭去了上班族的工作，目標是當聲優，是一位人生路走得相當冒險犯難的自由業人士。
用小桑式的思考來看他的姓氏，就覺得應該很耐用。
多半是廣島東洋鯉魚隊或阪神虎隊的球迷吧。
「那我去上菜跟飲料，如月老弟就麻煩整理桌子了。」
「知道了。」
我正按照金本哥的吩咐收拾餐具、擦拭桌子，就有一群新的客人到店。
一聽到「叮鈴叮鈴」輕快的聲音，我立刻帶著歷經千錘百鍊的營業用笑容前往門口。
「歡迎光臨！請問幾位……啊。」
「哇，虧我是聽說小椿很努力在工作才來的……為什麼有細菌在飄？」
失敬失敬，這可不是把敝人在下當細菌看待的幾位班上大紅人嗎？
各位看似身體微恙，何不勞駕轉動各位的貴體移步出去呢？
非常抱歉，本店不接受妝化得很濃的郊狼光顧——

「你原來是在這裡打工啊……既然這樣，趕快帶位好不好？你不是店員嗎？慢吞吞。」

真受不了，A子同學老是這麼充滿火藥味，令人傷腦筋。

累積壓力可不好啊。妳本來就因為妝太厚而需要好好保養皮膚，再加上壓力大，我看會來不及吧？會整個差到拉不回來吧？

要是妳和其他人看齊，只用看髒東西似的眼神瞪我就沒事了。

「這邊請。那麼各位請稍待。」

「花灑的敬語真的讓人很有突兀感，糟糕到根本笑不出來吧？」

A子同學的廢話真的讓人很有嫌惡感，糟糕到根本笑不出來吧？

還有，其他幾個傢伙。妳們從剛剛就太愛點頭了，多少發言一下。

好了，帶位也帶完了，送水跟點餐……就拜託金本哥吧。我不想過去。

「不好意思，金本哥，可以麻煩你幫5號桌客人點餐嗎？」

「嗯？5號桌的客人？如月老弟你去不就……啊哈～～看這制服……是跟你同校的學生啊～～！」

他朝座位區一瞥，對我露齒微笑。

不愧是三十二歲的自由業，似乎猜到了我的心情。

「是。我不太方便去應付她們……可以嗎？」

「你不用全說出來，我都知道。是裡頭有你的女友吧？ＯＫ，包在我身上。同樣身為男人，我能夠了解你想讓女朋友只看到自己帥氣一面的想法。」

他體諒到我的難處之餘，卻又對最關鍵的部分自行曲解。不過好歹他肯代我上陣，就別計較了吧。

另外再順便冷靜分析他的發言，就覺得他似乎是說打工時的我不帥氣，不過這也同樣就別計較了。我對無自覺的惡意已經有了充分的抗體。

「那可以請你幫我把這些菜端給9號桌的客人嗎？」

「好的。」

我們暗中互換工作，我匆匆忙忙將菜端往9號桌。

我一邊上菜一邊用眼角餘光往旁看去，看見金本哥已經走向紅人群那一桌。

「對了對了，說到這個啊，我聽班上男生說，最近好像在流行一本拚命打倒哥布林的小說耶～」

「真的假的？而且哥布林是什麼？」

「就是那個啊那個！戴著帽子、留著八字鬍的大叔！被譽為喜劇之王的人！」

那不是哥布林，是卓別林。被妳們講得共通點根本只剩下個「林」字了。

還有，妳們幾個，我就不要求電擊文庫，好歹談談角川的作品。

受不了……順便說一下，我喜歡的角色是劍之聖女，她胸部很棒。

「各位久等了！請問要點餐了嗎？」

「那是什麼啦～～？竟然說現在流行打倒八字鬍的大叔……呀哈哈哈！好好笑！」

金本哥被無視得有夠誇張的啊。麻煩你加油點……

「讓各位久等了！請問要點餐了嗎？」

「好煩！這個人是怎樣，嗓門有夠大的！啊哈哈哈哈！」

「失禮了。那麼，請問可以為各位點餐了嗎？」

好厲害啊，笑容毫不動搖。換作是我，我想在這個階段就已經氣瘋了。在內心氣瘋。

「好～～那我來點餐喔～～」

喔，由A子同學負責點餐，也就表示她還維持住之前曾一時岌岌可危的小團體領袖地位？相當有一套啊……

「炸串拼盤兩份。還有飲料，我要烏龍茶，大家要喝什麼？」

領袖點完餐後，接著她的部下郊狼們也嚷嚷著點了餐。

其他人全都點番茄汁。也許是對血很飢渴。

「那麼請稍等……哎呀，我忘了一件事！呃……是妳嗎？」

金本哥你怎麼啦？為什麼突然換成平輩間親熱的語氣，對A子同學露出笑容？

你是迷上她了嗎？也是啦，雖然聽說A子同學卸了妝以後臉孔就會變得很前衛，但平常還算可愛啦。你會被騙，這種心情我也不是不能體會。

「找我有什麼事嗎？」

即使面對年長的金本哥也還是一樣強勢，果然有一套啊。根本是野性味道全開啊。

可是，突然被人盯著看似乎還是讓她難為情，只見她用小指搔著臉頰。

……那麼，金本哥是打算說什麼？

「我跟妳說，妳男朋友如月老弟，他很努力的。」

「啥？啥啊啊啊啊！」

金～～本～～！你這傢伙給我胡說八道什麼東西啦！

「才、才不是！我才不是花灑的什麼鬼女朋友！」

「哈哈哈！不用害羞的。剛才我已經從他本人口中問得清清楚楚了！」

我才沒有說！你是怎麼聽歪才可以扭曲成這樣？

「那個小子……！我真不敢相信！」

好巧啊，A子同學，姑且不論妳說的「那小子」是誰，我跟妳有了一模一樣的感想啊。

很好，現在立刻痛毆金子哥一頓。我批准。

也許妳會覺得這年頭不流行暴力女主角，但不用擔心。

妳不占女主角的缺，所以愛怎樣就怎樣。

「抱歉，我……去一下洗手間……我好想吐……」

就算愛怎樣就怎樣，也不用做到這樣吧！

「哎呀，雖然總覺得她妝化得濃了點，但你女朋友真漂亮呢！如月老弟！」

金本哥給我用格外清爽的笑容回來了。

我很想立刻打斷他那完美潔白的牙齒。

「咦？如月老弟的女朋友不見了……是怎麼了嗎？」

請你放心，她是在吐。

「……我去打掃跟補貨……」

「你好機靈啊，如月老弟！是因為女朋友來了才這麼賣力嗎？」

你這個想當聲優的自由業給我閉嘴，不要用那種不知道在抑揚頓挫個什麼勁兒的聲音跟我說話。

之後紅人群的各位顧客在店裡待了相當久的時間，跟尖峰期過了之後有了些餘力的小椿要好地聊天，對結束打掃的我則送出「細菌去除菌，不算同類相殘嗎？」這種溫暖的聲援。由於差別待遇大得太非比尋常，讓我眼淚都用飆的了。

我絕對不是在吃汙垢，而是在清除汙垢，所以不是同類相殘。但我這個路人沒有勇氣面對郊狼，所以貫徹假裝聽不到的策略。

呼……今天打工，精神上比平常加倍疲累啊……

＊

「我上學去了～」

「路上小心～☆」

早上，我聽著配備了愛心圖案圍裙的老媽高尖的嗓音，朝學校前進。

「唉……真不想去上學耶……」

一關上家門的同時，我的腳步立刻轉為沉重，說了這麼一句話。

一走進班上的瞬間，絕對會受到紅人群攻擊啊。好討厭啊……

不，就別再管她們了。我有別的事情更應該在意。

就利用這個時間，盡量多看一點 Pansy 的書吧！

呃，記得昨天是看到……

「早啊～！花灑！」

「痛死啦啊啊啊！」

我纖細的心靈轉眼間就被來自背後的襲擊者給粉碎了。

會做出這種暴行的人，據我所知只有一個。也就是說，凶手是……

「葵花！我明明就一直跟妳說，不要一大早就拍我的背！」

「嗯！花灑一直都在說！所以，你要一直一直說下去！」
這也就是說，等著我的是永遠都會被拍背的未來？
……至少等成了大學生之後，實在是希望她能停手。
「而且妳為什麼在這裡？不是比賽快到了，要去晨練嗎？」
「啊！嗯，呃……足球校隊的人要練習，所以我們今天不練！」
她的眼睛朝右一秒，朝左兩秒……原來如此，是在說謊啊。
我可是妳的兒時玩伴啊，別以為我連妳說謊時的習慣都看不穿。
「為什麼足球隊要特地到網球場練習？」
我要對講出這種刁鑽謊話的妳送上「騷貨界的伊布拉西莫維奇（註：「維奇」的日文發音同Bitch）」這個綽號。畢竟妳說是借給足球隊用。
「是、是為了讓花灑透透氣！你最近都不能跟我一起上學，很寂寞，所以這樣正好！」
原來如此。竟然這麼周到，還挖了連理由都特地告訴我的這個洞給自己跳。
說穿了，就是她最近忙著參加社團活動，沒辦法跟我一起上學，覺得很寂寞。
我高興歸高興，但她這行動可不值得誇獎啊……
「……妳就別管我，現在先以網球為最優先啦。」
「這我當然懂！」
妳就是根本不懂，我才要包上一層糯米紙來勸妳，但完全不覺得妳聽懂了。

即使我投以狐疑的視線，葵花還是只笑咪咪地露出開懷的笑容。

「人家都有針對星期天的比賽，乖乖把身體調整到萬全的狀況嘛！我會加油的！」

她把我的叮嚀右耳進左耳出，開心地雙手牢牢抱住我的手臂。

我就這麼被她左右搖來搖去，覺得非常煩。

「去年我輸掉了，所以今年一定要贏！我要洗刷名譽！」

名譽都洗刷掉，不就只剩下汙名還留著了？

「好好好，不要搖我。」

「好～～！嘻嘻嘻！」

她立刻停止搖我，然後就這麼全身緊緊貼上我的手臂！

她賞了我一招伊布拉西莫維奇拿手的華麗技巧與出色身體條件融合而成的攻擊！

技能之高堪稱一流，一瞬間就讓我迷上……等等，其實不是這樣。

「葵花，妳離我遠一點。跟我貼得太緊，妳會被旁人誤會吧。」

其實我是很想盡情享受葵花身體的感覺，但我在之前的比賽裡選了小桑。

所以，我決定要和其他人保持一點距離，這種時候就該乖乖忍耐。

「不行！跟花灑要好，才是我的早上！」

……我自己是覺得有好好表達，但看來她完全沒聽懂。

她似乎想表示即使賭氣也不想放手，嘟起臉頰，抱緊我的力道增強了四成。

就算我現在強行掙脫，她多半還是會學不乖，又朝我抱過來吧。

「……好啦。可是，要是妳交了男朋友，到時候可別這樣啊，我會被他怨恨的。」

「啊哈哈哈！不用擔心啦！我就沒有喜歡的對象啊！」

啊，是喔？被妳說得這麼明白，還真有點落寞耶。

「對了對了！花灑打工打得怎麼樣了？告訴我嘛！」

「就很正常啊。最近漸漸習慣多了，我想應該算是有點戰力吧。」

我內心覺得「相當有」，但嘴上就姑且說是「有點」。

這種為了避免說大話然後失敗的預防措施是我這個路人的拿手好戲。

「好厲害！那會存到很多錢吧！」

「算是啦。只是相對的，累到一回家就馬上睡著，課業方面有點擔心。」

「咦咦～～！花灑不好好念書，我會傷腦筋的！」

這是因為妳期末考滿心想要我教妳功課好不好？

偶爾也要靠自己努力啊。雖然我教還是會好好教啦……

「怪了？這本破破爛爛的書是怎麼了？」

呃，妳沒事眼睛這麼利做什麼！早知道就應該趕快收起來……

「不是什麼大不了的東西，只是拿來消磨時間而已。」

我右手拇指與食指互相揉搓，冷靜地回答。

我不會愚蠢得只因為這點小事就動搖，造成連不必要的事情都被葵花猜到。

「唔？」

奇怪？她似乎不太相信……

「既然這樣，就別看這麼破爛的書，看別的不就好了？對了，只要找 Pansy 問問，她就會找些好看的書借你喔。」

這本書就是從妳說的 Pansy 那邊借來的！

「你看，這書有些地方都看不出寫什麼了……」

不是這樣！是我弄得這本書看不出寫什麼了！

「沒、沒關係！看不出來的部分，過一陣子我就會買新的來看！」

「啊！對了！既然這樣，在買新的之前，就問問 Pansy 有沒有……」

「妳很囉唆！我已經決定要自己買，不要管我！」

「幹嘛吼人家啦！花灑壞心！」

我本想蒙混過去，卻一個弄不好讓葵花露骨地不高興起來。

不要啊……這個騷貨意外地是個會記恨的騷貨，得想辦法讓她恢復好心情才行……

「對、對了，葵花！別說這個了，暑假妳有沒有想去什麼地方？」

「暑假～～？可是花灑不是要去甲子園嗎？」

總算勾起了她的興趣，但這樣還不夠。除非做到讓她高興，不然絕對是出局。

「是、是這樣沒錯啦，但除了去甲子園以外，我也還有其他日子有空，就想說這天要怎麼辦！我除了去甲子園幫小桑加油，接下來都沒有什麼地方會用到錢了啊。」

「咦？」

我說啊，為什麼？為什麼我們葵花小妹妹會歪著頭？我才想歪頭咧……

「……我說啊，花灑，我的生日禮物呢？」

「啊……」

不妙……我在另一個方向上搞砸了……我完全忘了……

考慮到我現在對錢必須能省則省，未必有餘力能買葵花的生日禮物，該怎麼辦好呢？

「唔！花灑根本忘了吧！」

「啊，不是……我、我不是忘了！只是有點忙，就暫時放到腦袋角落去……我記得的，不、不就是護腕嗎？」

我吞吞吐吐的藉口當然行不通，葵花顯得非常不高興。

「過分過分過分！虧我那麼期待！」

「好、好啦！既然比賽是下週日，我週六就送到妳手上！這樣可以吧？好不好？」

我的狀況真的已經非常吃緊，所以真的很難擠出閒錢去買，該怎麼辦呢？

如果找人借錢就勉強應付得過來，但我一向奉行老爸的教誨──「不管有什麼苦衷，都絕對不要向爸媽以外的人借錢，尤其萬萬不可以找朋友借」，所以無計可施。

嗯……就死馬當活馬醫，找老爸老媽商量看看吧～～

「好啊！那我就原諒你！」

怪了？換作是平常，她都會再來上一段鬧情緒，今天卻這麼容易就恢復心情啦。還真是稀奇。太好了太好了。

「好！那我們一路衝刺到學校！」

「啥？我打工很累了耶。今天妳自己一個人去跑啦。」

「不～行！為了懲罰你忘了我的生日禮物，你也要一起跑！」

即使我記得也鐵定會被妳叫去跑好不好？

不過，不管她說不說這句話，從手被她抓住的那一刻起，我就已經無從抗拒了。

「……好啦。只是，妳可別跑得太猛啊。要是跌倒受傷可就麻煩了。」

「不用擔心啦！有事我會救花灑的！」

救我幹嘛啦，妳先擔心妳自己好不好？

「那我們走了！要快跑嘍！Let's Dash！」

也好，只要跟她一起上學，應該就不會受到紅人群攻擊，就別計較了吧。

雖然代價是得消耗非比尋常的體力……

＊

午休時間。葵花與小桑要參加社團活動的會議，所以今天圖書室裡只有四個人。

由於發生過比賽與書這兩件事，讓我不敢伸手去拿點心，覺得非常難熬。

我內心正為自己的欲望天人交戰，Cosmos 就心浮氣躁地朝我看了過來。

「花灑同學！今天學生會的各位提到，說要大家一起去小椿的店！」

他們不同於紅人群，來了多半也不會造成什麼危害，所以我是無所謂，但她可真不是普通的賣命。

對此我就不予置評了。

「是喔……呃……怎麼會突然想去？」

「其、其實是山田大人對如月兄工作的情形非常有興趣……於是我等學生會決心團結一致，聚集到如月兄旗下響應！」

附帶一提，山田是擔任會計那位。

這人不怎麼重要，我就只隨便介紹一下。

山田同學，路人。完畢。

「我明白了，那麼我就恭候各位大駕了。」

雖然很多地方都穿幫得很明顯，但這些部分我會當作沒發現，不會放在心上的。

「遵命。」

這樣一來，是不是先幫他們保留座位比較好呢？

可是我沒有這樣的權限，應該需要店長小椿批准吧。

我覺得憑我和小椿的關係應該說得通，但學生會的成員一共有七個人，要是得保留那麼多人的位子，大概會影響店裡的營業額。

「嗯，那麼，我就先幫你們保留位子呢。Cosmos 學姊你們打算幾點左右到呢？」

哎呀，好貼心。我什麼都不說，小椿就有了行動。

「哇啊！謝謝妳！我想想……學生會活動是到六點，我們就留一點彈性時間，一小時後的七點過去吧！」

「我明白了。花灑也比之前學姊來的時候能幹多了，敬請學姊期待呢。」

哎呀，好嚴格。我什麼都不說，小椿就施加了壓力。

「我們的打工領班也掛保證：『起初我還很擔心會怎樣，但現在可以放心』呢。」

雖然這位打工領班也幫我的校園生活掛了地獄保證就是了。

「好厲害啊，花灑同學！山田一定也會高興的！」

真的假的？山田同學的喜悅就靠我了嗎？……責任好重大啊。

「對了！Pansy 同學也一起——」

「不，我不用了。因為我今天放學後有事。」

Cosmos 問得情緒高昂，Pansy 的平淡回答則顯得情緒低迷。

她那冰冷得讓 Cosmos 不由得當場笑容僵住的冰冷嗓音傳遍了整個圖書室。

「是、是嗎？……我知道了。」

至於 Pansy 會這麼冰冷，原因倒也不是出在 Cosmos 身上。

原因全都在我。

最近……或者應該說，從我開始打工以來，Pansy 的心情都不太好。

看來對她而言，我放學後不來圖書室這件事令她相當不滿意，始終在鬧彆扭。

她話遠比平常少，而且就算別人找她說話，她也只會像剛剛那樣冷淡地回應。

連葵花與小桑開朗地找她說話也沒用，從某種角度來說是無敵狀態。

好了，氣氛一口氣變得沉重的這個狀況……該怎麼辦好呢？

「Pansy，希望妳不要那麼鬧彆扭呢。花灑現在非常努力，我覺得這樣是非常好的。」

「也對，我也這麼覺得。可是……我心情有點複雜。」

即使由很會看人臉色又有膽識的小椿開口，她仍然冷淡。

從她的發言看來，對我打工這件事似乎並非百分之百反對。

「而、而且，花灑說過他決定了目標金額，存到這個金額之後就會減少打工……所以應該快了吧。」

小椿流著冷汗，再度挑戰。Pansy 似乎對她提到的「減少打工」這個發言很在意，在說到這幾個字時全身一震。

「是嗎？那大概還要多久才會存夠錢？」

「照計畫是會在這週內存夠。再過一會兒，花灑應該就會回到妳身邊了。」

這不對吧？不知不覺間，我回去的地方被設定成 Pansy 那裡了耶。

我本來打算等存夠錢買回書就要減少打工的天數，但看來也許還是別減少比較好？

「…………我知道了。」

表面上 Pansy 似乎算是聽進去了，但看這樣子她還是不服氣啊。

結果，Pansy 之後完全不主動說話，一直在把玩辮子。

*

放學後，我被紅人群太過尖銳的視線瞪得提心吊膽，迅速收拾好書包，逃出了學校。

今天一整天，我黏著小桑和葵花不放，成功地躲過了她們的逼問，但這樣當然不等於解決了假男友發言事件，讓我在教室待起來簡直如坐針氈。

但是，現在就先別去想這些，專心做好眼前的工作吧。

現在的我是炸肉串店的齒輪。

我要心無旁騖地為客人帶位、點餐、端菜，整理餐桌。

但話說回來，現在齒輪也還處在悠閒時段。

由於這是尖峰時間來臨前一段稍有餘力的時間，外場和廚房也都輪流在休息。當然並不是跑進裡頭的辦公室去休息，只是待在客人看不見的位子小歇，以便隨時可以上場。

「如月老弟，你今天好像比昨天有精神？該不會是讓女友鼓勵了一下？年輕真好啊！」

身旁傳來想當聲優的那位所發出的充滿磁性直透人心的嗓音。

他自己在亂猜，自己講得很高興，該怎麼辦好呢？

「金本哥年紀也沒有多大吧？」

「很難說吧～？我已經三十二歲，就一般社會的觀點，已經很難說是年輕了吧？而且，從如月老弟看來，叫我叔叔都算客氣了，不是嗎？畢竟我讀高中的時候，你還在你爸爸的袋子裡呢。」

可不可以請你說是媽媽的肚子裡？總覺得你的說法讓人有夠不舒服。

「真好啊，高中二年級！如果可以，我也想回去啊！我留下了很多後悔！畢業一陣子後我就在想～想說要是那個時候那樣做，就不會有現在的我了耶！」

這年頭要回去當高中生可是很辛苦的。例如入學典禮後的實力測驗一考完就確定所有科目都得課後輔導，或是改不掉成人時代的習慣而帶香菸去學校……要重來可也不輕鬆。

「金本哥要是回到高中生，會直接走聲優這條路嗎？」

「嗯～很難說吧？說不定已經在做別的事情了啊。因為我想說如果那麼年輕，除此之外應該還有其他事情可以做！然後又會後悔啦！」

喂，想當聲優的，你不惜辭掉上班族的工作，夢想卻很搖擺不定嘛。

「如果不想後悔，從一開始就走聲優這條路不就好了……？」

「哈哈哈！這你就錯了，如月老弟。就跟你說，即使我真的走上聲優這條路，我還是會後悔！」

這是什麼意思？莫名其妙。

「這樣是在做自己想做的事情，應該不會後悔吧？」

「才沒那麼簡單！你想想，高中不是只有三年嗎？可以做的事情就那麼點，做了這個就沒辦法做那個。這是一連串的取捨選擇。例如說，要是拚命參加社團活動，不就沒辦法當回家社，每天過得悠哉了嗎？」

聽到社團活動這個字眼，小桑與葵花的臉忽然從我腦海中閃過。

他們兩個多半不會想當回家社社員，每天悠哉過日子……

「參加社團活動的人對社團很熱衷，應該不會後悔吧？」

「這你就錯了，如月老弟。後悔這個字眼，就像字面上所說，是『後來』才『反悔』。我覺得大家只是當下拚命參加社團，所以沒發現，等畢業以後就會開始想『啊啊，早知道就不該只參加社團活動，應該多跟大家一起玩或是多念點書』了。說穿了很簡單，不管怎麼掙扎，人差不多都會後悔啊。啊哈哈哈哈！」

所以是做出取捨選擇，對捨棄的事物後悔了？有點被說服了。

「對了……如月老弟你會這麼說，就表示你是回家社吧？」

「算是吧。」

雖然嚴格說來不太像是回家社，比較像是準圖書委員。

「也就是說，你會羨慕參加社團或是對某些事情很努力的人？」

唔……金本哥說得沒錯，但被他說中就覺得有點難以釋懷。

「這……是沒錯。」

「回家社不是很棒嗎！從某種角度來看，是最自由的立場！有什麼想做的事情就可以沒有後顧之憂去做，這不是最棒的環境嗎？」

只是如果找不到想做的事，就沒有意義了。

「別那麼皺眉嘛。而且你有個可愛的女朋友，不是過著很開心的青春嗎！」

她不是我的女友，是我的野蠻同學。

「她不是我女朋友，而且我根本就沒有女朋友。」

「咦，是這樣喔？哎呀～～！這可害你難堪了。抱歉！」

喔？總覺得好久沒有這樣用嘴說就能馬上得到對方相信，讓我有那麼一點開心。

「也就是說，是她喜歡你了啊！」

「也不是這樣！」

為什麼全都要往那個方向猜？真希望他不要有事沒事都往戀愛方面亂接一通。

「哎呀？是喔？可是，你又不是身邊一個對象都沒有吧？我高中那年頭流行的歌，歌詞就說對自己重要的人就陪在身邊。如月老弟你也有吧？身邊就有你重要的人。」

重要的人啊……嗯。我想到了一個人，雖然我不會說是誰。

「而且，我就發現了一個很看重你的人！」

「是誰啊？」

要是這個時候你敢說「那就是我！」，我可能會一巴掌把你搧倒，你確定沒關係嗎？

「是小椿啊！她啊，為了僱用你來打工，辭退了另一個本來要僱用的人。這不就證明了她很看重你？」

「咦？是這樣嗎？」

小椿可是跟我說人手不足，所以很想僱用我耶。

「哎呀，原來你沒聽說啊？……嗯～這件事，要保密喔。」

「是喔……」

「其實我們店……雖然我是從總店調過來的啦，不過我們店新招收打工人員的時候就有很多人想進來，畢竟時薪也高。可是，小椿說『我有個朋友無論如何都需要錢』，空出了這個寶貴的名額，甚至不惜辭退本來想錄用的人。」

真的假的……我再度覺得心裡一半感謝一半罪惡感。

她願意僱用我，我是很高興，但對被我害得無法被錄用的人和小椿就太過意不去了……

說不定這個人更優秀，對店裡也能有更多貢獻……

「所以啦，你就是有這麼強的魅力！要有自信啦！」

這不是魅力，只是運氣好啊……

只是湊巧在小椿的炸肉串攤子買了東西，當場隨便想到而講出來的話奏了效。

現在的環境也是一樣。我真的運氣很好。

小桑、葵花、Cosmos、小椿、Pansy。

雖然有一個人的真面目沒被大家知道，所以立場比較微妙，但其他幾個傢伙都在發光發熱。

而混進這些傢伙裡面，因為得以和他們一起而不知道在自豪個什麼勁兒，自己內在卻空空蕩蕩的路人，就是我。

我明明得到那麼多的好意卻只會坐享好處，根本不想回報任何事物，是個沒救的傢伙。

我是非常高興啦……可是大家為什麼願意這樣陪我耗？

「喔，新的客人來了！也差不多該結束休息，上工去吧！」

「……是啊。」

唉……總覺得憂鬱起來了，但還是打起精神來吧。

現在應該要專心工作，把不愉快的想法阻隔開來。

「歡迎光臨……啊，Cosmos 會長。」

「嗨，花灑同學！」

唔，我才正要阻隔這些念頭，就跑來了一個棘手的客人……

「……是有預約的秋野小姐是吧？那麼這邊請。」

「嗯、嗯！各位，我們的座位在那邊！好了，我們走吧！」

看到 Cosmos 無邪的笑容，就讓我想痛毆先前一瞬間覺得這女人很煩的自己。Cosmos 明明沒有做錯任何事……我實在是糟透了。

「那麼店員先生，可以麻煩給我『老樣子』嗎？」

嗯，這女生為什麼一副熟客樣，手伸到我面前？

「以前我也說過，本店並不提供這樣的菜單。」

「啊嗚！呃，那個……那如果口渴了，希望你一定要找我點個冰水！那個，不管幾點……就算是深夜，我也隨時都會準備好冰水！」

我是讓人點餐的那一邊，不是點餐的一邊。

順便說一下，我們店沒開到那麼晚，妳真的待到深夜我也很傷腦筋。

算了，別說了。還是趕快帶位吧。

「我明白了。那麼，這邊請。」

「太棒啦！這樣一來我也……啊，我都忘了。怎麼樣啊，山田？我說得沒錯，花灑同學有好好在工作吧？」

「…………（點頭）」

山田同學似乎對我工作的情形滿意，點了點頭。

這個人還是一樣那麼沉默。

「喂，小鬼！我要追加高湯煎蛋卷跟生啤！給我動作快一點！」

呃，原來真山大叔也來啦……

等等，他已經醉了吧！是喝了多少啦！

「好的！請稍等一下！」

金本哥和其他人也都在忙別的，這時候應該是輪我出場吧。

我確定 Cosmos 他們在座位上坐好之後，到大叔那一桌。

從 Cosmos 他們來了以後，店裡就十分熱鬧。

但話說回來，絕對不是因為 Csomos 可愛，其他人想看她才來。

晚間七點到九點原本就是小椿的店最忙碌的時段。

「呼～～愈來愈忙了啊。」

「就是啊。畢竟也過七點了。」

有攜家帶眷的客人，也有上班族，來光顧的客群五花八門，但總之這個時候最忙。

所以我們外場組接下來也都不再找時間休息，全力工作。
「歡迎光臨！咦？」
「晚安，花灑！我拿採訪你拚命工作情形的名目來見你了！」
「喔、喔……」
校刊社的翌檜甩得馬尾蹦蹦跳跳，笑咪咪的。
多半是參加完社團活動跑來的吧。一個女生自己來炸肉串店也好，剛剛對我那樣的發言也罷，她還是一樣很有膽識……可惜要給她的是個壞消息。
「一位是嗎？現在店內客滿，得請您等一陣子……」
「這樣啊？真是遺憾……」
她表情蒙上陰影，垂頭喪氣，馬尾也跟著一起垂下。好像狗的尾巴。
「……啊！那邊不是空著嗎！」
「咦？」
順著表情一亮的翌檜所指的方向看去，那兒的確空著一人份的座位……可是，她打算殺去那邊嗎？
要知道那裡可是……Cosmos 等學生會成員的位子啊……啊，她過去了。
「晚安！Cosmos 會長，學生會的各位！」
「嗯？……翌、翌檜同學！」

翌檜這唐突的登場讓 Cosmos 嚇了一跳。

這也難怪。就在前不久，Cosmos 與翌檜之間才展開過一場壯烈的大戰。

我也牽扯在這件事裡，所以和翌檜之間有些尷尬，相信 Cosmos 比我更加尷尬。

「呃……怎麼了嗎？怎麼會來這種地方？」

「呵呵呵，其實是座位都滿了，讓我很傷腦筋，所以希望各位讓我坐這裡！」

Cosmos 等學生會成員一共七個人，而他們的座位最多可以坐八個人。

所以這個空出來的位子就由自己來坐——這大概就是翌檜打的算盤吧。

如果只是這樣，倒還無所謂……

「噢，我、我沒關係。各位，這是校刊社的羽立檜菜……翌檜同學。」

「大家幸會！我是羽立檜菜，我想可能也有幾位聽過我，但應該也有人不知道，所以我就自我介紹一下了！」

得到 Cosmos 的許可，翌檜高高興興地坐到最後一張椅子上。

她露出真誠的笑容，對學生會成員們自我介紹。

「那、那麼……請稍等一下。」

眼前，翌檜這邊要送的水跟點餐服務就拜託金本哥……不對，還是不要好了。

他不但不知道會講出什麼鬼話，而且有過搞砸的前科。

為了不讓紅人群悲劇重演，這個時候還是我自己來比較好。

「這是您的水。請問決定好要點的餐了嗎？」

我盡可能擠出營業用微笑，把水杯放到翌檜面前。

她一邊看著菜單一邊笑咪咪地甩動馬尾，看來十分開心。

「我想想喔。飲料就點蘋果汁，炸串就請店員推薦！」

來啦！我最怕客人說的話系列排行榜上榮登第一名的王者！

就說我才開始打工一週左右，對菜色不是那麼熟了……

「推薦……是嗎？那個……請問大概要幾串？」

「就先來個五串。」

「我明白了。那麼，就選豬、牛、帆立貝、茄子、鵪鶉蛋如何？」

與其說是我的推薦，其實這只是列出小桑最推薦的一種跟小椿最推薦的一種，之後再補上幾樣我印象中客人常點的菜色而已。

「ＯＫ！就麻煩你了！」

呼～我本來還擔心她會做出什麼難搞的要求，但倒也沒有啊。

總之點餐已經完畢，趕快去廚房……

「小鬼！追加生啤！」

已經喝光了喔？你也太快喝光了吧！

「單子來了！我放在這裡！」

「知道了呢！蘋果汁已經準備好了，端去吧！」

我雙手端起送完單子時已經準備好的蘋果汁，走向 Cosmos 他們那桌。

順便朝他們那邊觀察一下，看到翌檜大概是改不掉在校刊社養成的習慣，拿起紅筆和筆記，一副採訪的樣子在和學生會成員們說話。

「久等了。這是您的蘋果汁。」

「謝謝你……啊，對了，花灑，我剛剛正好聽到一件有趣的事情呢！」

妳指的應該是我聽了也會覺得有趣的事情吧？不是我聽了會為難的事情吧？

「是喔……是怎麼了呢？」

「等、等等，翌檜同學！」

唔。翌檜賊笑，Cosmos 慌了手腳……我有非常不好的預感啊。

「我剛剛從這位山田同學口中聽到，Cosmos 會長最近似乎每天都跟山田同學說『不知道花灑同學有沒有好好在工作？』呢！」

嗯，這個啊，從午休時間聽 Cosmos 說起的時候，我就隱約猜到了。

「非、非也！並非如此！這、這也許多少有些語病，但山田大人的確也很關心如月兄！在下並無虛言！」

看吧，她又非常好懂地變成武士了。

「在下此言不虛吧？山田大人！」

「…………（點頭點頭）」

山田同學點頭的方式很豐富，但仍然不說話。這個人真酷。

「Cosmos會長最近很關心花灑吧，而且關心得很露骨耶～」

「啊、啊嗚……沒、沒有……這種事……啦……」

翌檜，妳是上次被痛宰，所以在藉機報復？

如果是這樣，從某種角度來說是成功了。畢竟Cosmos現在已經滿臉通紅，整個人都縮了起來。

「我的生啤還沒好嗎！給我快一點！」

呃！真山大叔的啤酒都沒有人端去喔！

那麼，不快點端過去就麻煩了啊。

「那我失陪了。」

「好的！工作請加油喔，花灑！」

「加、加油……」

翌檜大聲為我加油，Cosmos則顯得畏畏縮縮。

年齡是Cosmos比較大，但立場卻似乎和以前完全逆轉了。

「喲！」

我端起廚房的生啤酒，微微加快腳步走向真山先生那桌。

我對這份打工已經習慣得多。看我用這幾天學會的華麗腳步端上桌。來，跳步，墊步。

「久等了，這是您的生——」

「慢死了！你這……哇、哇噗！」

「唔、唔喔！」

竟然接個俯衝？驚人的意外發生了！

就在我把啤酒端過去的同時，真山大叔把椅子轉了半圈朝向我，結果在我的腳上撞個正著。至於這表示發生了什麼事……

「臭、臭小鬼！竟然對客人潑啤酒……你們店是怎麼教育員工的！」

也就是我犯下了至今最大的失敗……

「非、非常對不起！」

他一把抓住我胸口的衣服，狠狠瞪著我。

雖然酒臭味濃得不得了，但我沒有餘力去在意這種事。

不妙。這完全是我的怠慢。

如果我端啤酒時更小心，就不會接近到會被椅子碰到的距離。但我卻因為對工作漸漸習慣而得意忘形，才會把事情弄成這樣……

「別開玩笑了！把我潑成這樣！我從以前就看你這小鬼不順眼，沒想到你啊！真的是爛透了！」

大叔的吼聲響徹整間店內，其他客人的目光也集中過來。

Cosmos與翌檜她們當然也看著我。

在認識的人面前挨罵，實在很難受啊……感覺就像被示眾……

「這位客人，請問怎麼了嗎？」

金本哥大概是聽到了吵鬧聲，急急忙忙趕來我們這邊。

同時他還擋在我和大叔之間，所以我被抓住的胸口也得到了解脫。

「看也知道好不好！這小鬼把啤酒潑到我身上啦！」

「……咦？如月老弟潑的？……非常對不起！我們會支付您的洗衣費用！」

「啥！別開玩笑了！你們只付洗衣費就想了事嗎！」

金本哥深深鞠躬道歉，但大叔不領情，反而顯得更加憤怒。

我也一起鞠躬道歉，但完全沒有效果。

「飯錢也給我免了！我可是受到了精神上的痛苦！」

「非常抱歉，可是……本店最多只能支付洗衣費用。」

金本哥說的話和我以前讀過的手冊上所寫的一樣。

遇到因為我方的過失而弄髒客人衣服的情形，頂多只能支付洗衣費。

餐飲費用一定要對方支付，這一點絕對必須把持住。可是……

「開、開……開什麼玩笑！」

果然不行。畢竟這條規則只有我們店員知道，大叔並不滿意。

他反而顯得怒氣更增，用滿是血絲的眼睛瞪著金本哥，嘴角發顫。

「喂……你在悠哉什麼？」

不妙……大叔又開始針對我了……

我好想拔腿就跑……我知道是自己不好，但還是想當場拔腿就跑。

「就是因為像你這種不成材的臭小鬼工作敷衍了事，才會弄成這樣。這個小哥也是被你害了，才得跟我道歉。你就沒有什麼話要說嗎？」

我本以為自己已經很習慣挨罵、被訓話，但大叔說的「被你害了」這句話比想像中更深深刺進我心中。沒錯……事情會弄成這樣，就是我害的……

「非、非常對不起……」

「除了道歉你就什麼都不會嗎？真是個沒出息的傢伙啊。我看你根本是沒什麼事情要做，就想說輕鬆打個工來賺點錢吧？這些全都寫在你對我這個客人露出的臉上。你對工作根本沒有堅持，而且就連別人吩咐你做的工作都做不好……就是這樣的你，害得我的衣服弄成這樣，這位小哥也才得跟我道歉。」

「……」

我氣得不得了……但最氣的是什麼話都回不了的自己。

害得金本哥得代替我道歉當然也是原因之一，但我更痛切感受到我的內心竟然老套又無聊到連這種喝醉的大叔都看得出來……

「從以前我就對你很火大。你聽好了，我以前可是拚命讀書，在社會上見多了大風大浪。可是你呢？你一臉什麼都沒想的模樣給我跑來打工，明明沒有半點上進心，卻還有立場比你高的人保護你，可真是個大爺啊。」

我是個坐享別人好意的傢伙。不只是自己，別人也證明了這一點。

這番話讓我不得不這麼想……

「你就沒辦法想一下將來嗎？都沒有什麼夢想嗎？」

嗚！…………對啦！你說得對啦！

有夢想的傢伙當然好。他們可以透過當職業棒球選手、醫師、開炸肉串店、打網球來做出成績。

這樣的傢伙真的在發光發熱。姑且不討論他們達不達得到目標，那種努力的模樣就是讓人想替他們加油，讓人嚮往。可是……不管多麼嚮往，我還是什麼都沒有。

我也想要夢想，想找些事情拚命鑽研。

可是，我就是找不到想鑽研的事情。

真要說起來，夢想是要怎麼去找？就算要拿自己喜歡的事情來當夢想，我也沒有喜歡什麼事情到可以當夢想的地步，也沒有拿手的事情。所以……我什麼都沒有……

「……真的是，非常對不起……」

我用力咬緊牙關，只一再道歉。因為除此之外，我什麼都沒有，什麼都做不到。

這是最像個路人的瞬間。因為自己收拾不了這個事態，微微懷抱著能有主角來救我的期待，沒出息地在朋友面前一再低頭道歉。

我一瞬間轉動視線，看到 Cosmos 與翌檜擔心地看著我。

她們眼神中的感情是憐憫。這種視線是給沒出息的人，再適合我不過了。

「就叫你不要只是道歉——」

「這位客人，非常對不起，但這樣會妨礙到其他客人用餐，請適可而止。」

我正低著頭，背後就傳來小椿堅毅的嗓音。

看來她是聽見了吵鬧聲，特地從廚房趕來的。

「洗衣費用我們一定會付。非常抱歉給您添了麻煩。」

「……嘖，好啦。下次我可會跟你們請款！」

小椿果然好厲害啊……不是像我這樣沒出息地道歉，而是以堅定的聲音好好道歉，讓大叔都服氣了。

「今天我要回去了！結帳！」

「好的。那麼這邊請。」

說來理所當然，和大叔一起走向收銀台的是金本哥。

我始終被大叔瞪著，就只是畏畏縮縮地低著頭。

「花灑，麻煩你去收拾餐具，把弄濕的地板擦乾淨呢。」

「………知道了。抱歉……」

「這世上沒有完美的人。只要累積成功和失敗，一步一步成長就好了呢。」

小椿，真的很抱歉給妳添了這麼多麻煩……謝謝妳鼓勵這樣的我……

只是我多半沒辦法在今天一天之內就振作起來……

之後，我不和任何人對看，默默用拖把拖地，拖完之後就退到裡頭去了。

*

我在夜路上垂頭喪氣，踩著沉重的腳步行走。

事情發生後，小椿鼓勵我：「今天你可以回去了。我不是在生氣，是你如果在這種狀態下工作，犯下了更多錯誤，事情就會更糟糕。明天起再一起努力吧。」說完就順便讓我下班回家了。

「我真的是喔，到底在搞什麼啊……」

過去我也曾被牽連進各式各樣的問題之中。

說來說去，這一切問題最後都順利解決，最後還讓我能夠和許多美女來往。

這讓我得意忘形，想說這是上天在獎賞努力的我。

所以我大意了。我把問題看得簡單了，以為這次也會有辦法解決。

真不愧是個路人啊。給我再一次好好想起之前發生過什麼事情。

我明明從來不曾靠自己解決過任何一個問題！就只是待在幫忙解決了問題的人身邊。

但我卻一副自己達成了豐功偉業似的態度，得意忘形，然後自食惡果。

我一個人做事就弄成這副慘狀耶。真的是完了……

我給店裡添了天大的麻煩，讓僱用我打工的小椿顏面掃地。

如果自己的行動只讓自己吃虧，那還算好，但我竟然還給別人添了麻煩……

「我回來了～……」

平常打工完都有伙食可以吃，但今天我提早下班，所以沒得吃。

我已經用簡訊告知老媽我會早點回家，老媽也回了信，所以沒關係，但總覺得很惆悵。

「你回來啦～哎呀，雨露，你好沒精神呢，是怎麼啦？」

我打開玄關的門，用憂鬱全滿的聲調告知家人我回家後，就看到老媽身穿愛心圖案的圍裙急忙跑出來迎接我。會注意到我的聲調顯得沒精打彩，可說她這老媽真不是白當的。

「你說今天晚餐要在家裡吃……是在打工的地方發生了什麼事嗎？」

「沒什麼，妳別在意。」

「是嗎？可是，不用擔心！你一定很快就又會打起精神來！」

啥？老媽為什麼心情這麼好？

「等你到房間一看，一定會嚇一跳！」

到房間就會嚇一跳？

現在的我即使看到桌上整整齊齊放著一排黃色書刊，我也有自信不會吃驚。

……不過算了啦。總之還是趕快回房間去吧。

我踩著沉重腳步爬上樓梯，打開自己房間的門。

好了，趕快換衣——

「竟、竟然突然跑進來……太賊了啦……」

「…………」

打開房門後，出現的是有著我耳熟的嗓音與陌生美貌的女子。

我本想換衣服，但看樣子是已經先有人卡位了。

她下半身裙子穿得好好的，但上半身就不在此例。制服放在床上，只有已經鬆開的纏胸布勉強遮住她的身體。

她因為我的登場而趕緊遮住胸部，讓纏胸布壓迫她豐滿的胸部，反而擠得一部分隆起，展現出主張胸部之大的凶狠技法。

她的臉遠比平常更紅，一雙黑珍珠般兼具氣質與光澤的眼睛瞪著我。閃閃躍動的黑髮搭配上細緻絲綢般的肌膚，這樣的魅力讓我看得目不轉睛，忍不住當場吞了吞口水……等等，現在不是熱烈講解的時候了！

害我忍不住詞彙變得有夠豐富的啦！我果然有心想做就做得到嘛！看書的效果出來了！

「失、失禮了！」

嚇、嚇我一跳！真的嚇了我一大跳！為什麼Pansy會在我房間啦！

順便說一下，老媽說得沒錯，我變得超有精神了！雖然我不會說是哪裡有精神了！

「老、老媽，這是怎麼回事啦！」

等我某個地方不再有精神後，我一口氣跑下樓梯，首先找老媽抱怨。

「呵呵～其實啊，今天我都在跟董子玩呢。然後我就請她來家裡坐坐！結果啊，雨露不就聯絡家裡說今天會早點回來？所以我就想說要嚇你一跳，請董子躲在你房間！」

說到這個我才想起，Pansy的確說過今天放學後她有事要做啊……

原來那是指老媽，然後還因為這樣的理由而待在我房間喔？

可是，Pansy正在換衣服，這點相信就連老媽也沒料到吧。

好，就別說出來吧。畢竟要是拆穿了，一定會被罵。

今天我已經被罵夠了，不想再挨罵了。

「離晚餐還有點時間，你就去跟董子聊聊天吧。」

「……好啦。」

我跟老媽的談話告一段落後，再度回到自己房間。

我將耳朵貼到門上也聽不見什麼聲響，於是小心翼翼地打開門往裡頭一看。

「唔喔！」

我嚇得往後縮。

因為待在我房裡的 Pansy 不是辮子眼鏡模樣啊。

似乎是先前的餘韻仍然未消，她的臉還是紅紅的。

她無意義地捲著頭髮玩，不和我對看。

明明每一個動作都和平常一樣，看起來就是完全不同，讓我的心臟猛跳個不停。

和這樣的女人在房間裡獨處，我真的不要緊嗎？

「一般人進房間前都會敲門耶。」

被她以微微尖銳的眼神一瞪，我的脈搏更加上升。但這個時候不可以慌。

「……也對。我除了進自己房間以外，也都會敲門。」

我暗自對自己喊了三聲冷靜之後，進了房間。

我的房間氣氛有這麼華美嗎？感覺簡直像待在別人的房間。

就只是因為有 Pansy 在，光景就會有這麼大的改變嗎……

「…………你好色。」

真希望她不要動輒做出這種可愛的發言。講什麼「你好色」也太遊走邊緣了吧。

乾脆像平常那樣毒舌地說我是「迎來發情期的公豬」……總覺得這樣太M，也不好。

還是就維持現在這樣就好了吧。妳好，我是好色的花灑。

總之，Pansy 以真面目待在我的房間。這讓我劇烈興奮，但也有著些許疑問。首先還是先解決疑問，再來興奮吧。

「妳為什麼做這樣的打扮？」

「我們不是約好要在你的房間讓你看嗎？我只是遵守了約定。」

說來還真有過這樣的約定啊。她欠我的部分，明明已經在教小桑還有葵花期中考功課時就已經還了……還真是一板一眼。

「……我姑且還是問問，妳應該沒有亂來吧？」

「是啊，我全都放回原來放的地方，我想反而變得比以前乾淨了吧？要感謝我也行。」

看來她亂來得肆無忌憚啊……沒有絲毫感激的餘地。

好了，疑問解決了，但是有一個問題。那就是我該坐哪裡才好。

其實我還站在門前耶。

Pansy 坐在床上，所以我應該坐她旁邊？還是應該在她對面鋪個坐墊，正對著她坐下？還是應該坐在椅子上？……應該是椅子吧。要是不盡可能保持距離，我會把持不住。

嘿咻。啊啊！心臟跳得好猛啊！這該不會立些什麼怪旗……

「花灑同學，今天打工的情形如何？」

看來是不會。我沸騰的胸中瞬間遭到冷卻。

這女的為什麼一而再再而三，都會問出我最不想被問到的問題？

坦白說，這對現在的我來說是最不該問的問題。

「……沒什麼，就和平常一樣。」

「是嗎？這麼說來，你平常就會被客人痛罵？」

嘖。我看是 Cosmos 聯絡她了啊。真會多管閒事……

「對啦。我被一個大叔抱怨個不停，什麼話都回不了，只會默默低頭，都是平常就有的事啦。妳有意見嗎？」

「除了有意見還能有什麼？既然是這樣的工作內容，又何必勉強做下去？」

「啥？開什麼玩笑，我當然要做下去。」

「我能跟你在一起的時間變少，覺得好寂寞。」

這女的是怎樣？我的心情可是糟透了耶。

既然聽 Cosmos 說了情形，妳就不會想到要小小鼓勵我一下之類的嗎？

「而且，理由也爛透了。」

「妳、妳明明知道……我是為了什麼才工作的吧？」

「是啊，我知道。你是想買回我的書才努力工作的吧？」

「既然知道，為什麼我就要被妳說是爛透了？」

給我強迫推銷自己的心情！所以我才討厭妳！

別以為長得漂亮就做什麼都會得到原諒啊……

「…………」

「怎樣啦？突然又不說話了……」

這個時候，Pansy 從我身上移開了目光。

每次不管發生什麼事都會看著我的眼睛說話的 Pansy 移開了目光。

「你說過，你是為了表示歉意，要重買一本還我，對吧？」

「對啊。這又怎麼了？」

Pansy 不看我的眼睛，低著頭說話。她似乎非常緊張，先頓了頓，甚至還深深吸一口氣。

可是，相信她還是下了決心要說吧。

她雙手用力握住裙子，以美麗水晶般的眼睛再度直視我的眼睛。

怎麼？她打算說什麼？

「可是，其實不是這樣。你……你就只是為了『保護自己的立場』才想買書還我。」

「…………！」

Pansy 這句出乎意料的話深深刺進我心裡。

被她說中了！我不想被任何人知道的事實，被 Pansy 知道了！

「你、妳為什麼會知道這個……」

「我怎麼可能不知道呢？最近的你，情形特別顯著。」

Pansy 似乎想按捺雙手發抖，更用力握緊了裙子，這麼回答。

「你拿大家跟自己比，覺得自己大大不如。所以你才會盡可能不讓自己有所虧欠吧？你不想被當成一個連借來的書都沒辦法好好保管的人吧？」

「唔、唔！」

「小桑想當職業棒球選手而打棒球；Cosmos 學姊想當醫師而努力念書；葵花拚命打好網球；小椿拚命撐起老家開的炸肉串店二號店。你把這樣的大家拿來跟自己比，深受自卑感折磨，為了盡可能減少自卑感而賭氣。」

她說得沒錯。不管外表還是能力，甚至就連想法……在每一方面，我都壓倒性地不如圖書室聚會的成員。所以，我不想讓自己對誰有所虧欠。

我的自尊不容許別人對我懷抱同情，而我就是為了保護這種自尊而行動。

「畢竟一旦你接受我說的『用不著賠』就會虧欠一份很大的人情。你認為一旦弄成那樣，自己就會變得更悲慘，所以為了盡可能讓自己在自己心中和大家平等，就想買書還我，作為補償行為。」

一切都被她說中，讓我只能啞口無言。

我……到底是要多遜才滿意？為什麼會被看穿得這麼徹底？

「所以，你這次的行動不是體貼。」

Pansy 的嘴微微顫動。她的聲調一如往常地平淡，卻和平常顯然不同。

她也是深思過，懷著相當的覺悟在對我訴說。

「是披著善意外皮的自我滿足……是我在這世上，最討厭的情感。」

「開、開什麼玩笑！就算是這樣，又哪輪得到妳來講！」

的確，她說的話是對的。坦白說，一切都如她所說。

可是，那又怎麼樣？要知道我可是個路人啊。會這樣想，不是理所當然嗎！

我課業不行，運動也不行，沒有才藝，也沒有夢想。

樣樣都缺的我要和這幾個傢伙在一起，就是不能背負無謂的虧欠！

「花灑同學，你不用做這種事也是個了不起的魅力十足的人。所以，不要輕賤自己，你要多相信自己一點。」

別說了……不要用這種像是隨時都會哭出來的臉看著我……

「我怎麼可能相信！我有什麼？我明明什麼都沒有！」

「你『有』我。」

「這、這種東西，我一點都不想要！而且，妳喜歡上我的理由也是莫名其妙！如果只不過是看到有人為了朋友行動就可以喜歡上這個人，這樣的人這世上多的是吧！而且還遠比我優秀！」

「就算是這樣，我也只會選你。」

我愈聽愈煩躁，煩躁得不得了。無法理解的好意，就只會給人壓力。

要我相信像妳這樣的美女會為了一些莫名其妙的理由喜歡我，想也知道是強人所難。

不管是這女的、學生會長，還是校刊社的她……為什麼可以喜歡上我啦！

要知道我最討厭的傢伙就是我自己耶。我只想著要明哲保身，眼前看到有餌就撲上去，根本不懂得瞻前顧後。我是個要什麼缺什麼，內涵空空如也的混帳路人，為什麼會對這樣的傢伙……

而且，怎樣會讓這女的高興，怎樣會讓她生氣，我完全不懂！

如果……我只是假設，假設我真的接受她的心意，得到幸福，之後……等她改變心意，不再喜歡我了，會變成怎樣？

等著我的就只有絕望。

人類的感情就是會變，Pansy 也絕對不例外。

我……就是不想把事情弄成那樣啊！

「花灑同學，不用擔心。我站在你這一邊……不管發生什麼樣的事，我都絕對站在你這一邊。所以，我求求你……把你現在想的念頭……把你真正的心意，告訴我。」

……說啊！說出來啊！這樣一來，Pansy 一定會幫助我。所以……

「Pansy…………妳今天，可以回去了。」

我右手拇指與食指用力互搓，說出這句話。

不行！我哪能在這裡把我真正的心意告訴 Pansy ！

唯有這女的，我說什麼也不想讓她知道我那些悲慘又沒出息的念頭。

所以，我說了謊。我粗暴地撂下和內心完全相反的發言……

……這是最差的一步棋。

「這就是……你現在想的念頭？就是你真正的心意？」

妳為什麼被我說成這樣還不死心？

為什麼還擺這種表情，想來到我身邊？

「對啦！所以妳趕快回去啦！」

我用發抖的嘴唇勉強喊出這句話，Pansy 的動作終於停住。

「…………我明白了。」

Pansy 用隨時都會崩潰似的脆弱聲調這麼說完就背對我，一步步走遠。

只有小小的腳步聲迴盪在房間裡，等腳步聲到了門前……

「書，你不用勉強看完。」

「開什麼玩笑。這個約定和這次的事情又沒有關係。」

管它有沒有變得破破爛爛，我可是說要看才借的。

既然這樣，就算只是賭氣，我也要全部看完。如果妳不叫我還妳，我在看完之前絕對不還妳。

「我本來還以為只要用這個模樣出現，就可以和老實的你聊得開心。可是，看樣子是不行呢……為什麼，事情會弄成這樣……」

妳在講什麼理所當然的廢話？管妳是什麼模樣，Pansy 就是 Pansy 啦！

就算換了個模樣，也不是內在就會改變。不管是哪一邊，其實都…………該死！

我果然討厭這女的。而且，我更加……討厭我自己。

「失陪了。」

目送 Pansy 開門離開後，就聽見下樓的腳步聲。

Pansy 離開我的房間，讓我不由得自覺到心中同時有著放心的自己與覺得寂寞的自己，總覺得很多情緒亂成一團。

「勞莉葉女士，不好意思，今天我就先回去了。」

「咦咦～～！我想跟堇子一起吃飯耶！而且，還想一起看小瀧的電視劇……」

「對不起。今天……已經……」

「……妳還好嗎？跟雨露怎麼了嗎？」

從開著沒關的門傳來老媽和 Pansy 說話的聲音。

老媽似乎也從我沒現身以及 Pansy 的情形掌握到了一些狀況。

「這樣啊！那就沒辦法了！啊，妳不換衣服沒關係嗎？」

「……我都忘了。可以借一下地方嗎？」

「當然好啊～～！那等妳換完衣服，就和勞莉葉一起去車站吧！雨露，我送 Pansy 回去喔

～～☆」

「好！慢走！」

我盡可能丹田用力說出這句話之後，立刻走向床上。

嗯？床上有些陌生的東西……

「……是 Pansy 忘了帶走的嗎？」

隨手放在床上的這些東西是兔耳髮箍，以及有著胡蘿蔔造型的鋼珠筆。

這不是我的收藏之一《跟小兔女僕來場開心的畫畫會》嗎？

她大概是想抓住談話中的時機表演這個吧。

也就是說……她本來也打算用自己的方式鼓勵我……這是怎樣啦？

「……既然這樣，就早說嘛。」

即使說出口，得到的回應也只有沉默。

彷彿讓我痛切感受到這就是我和 Pansy 第一次真心吵架，讓我的心情變得更糟了。

……從明天起，我該怎麼辦才好？

我的小家子氣新規矩

第五章

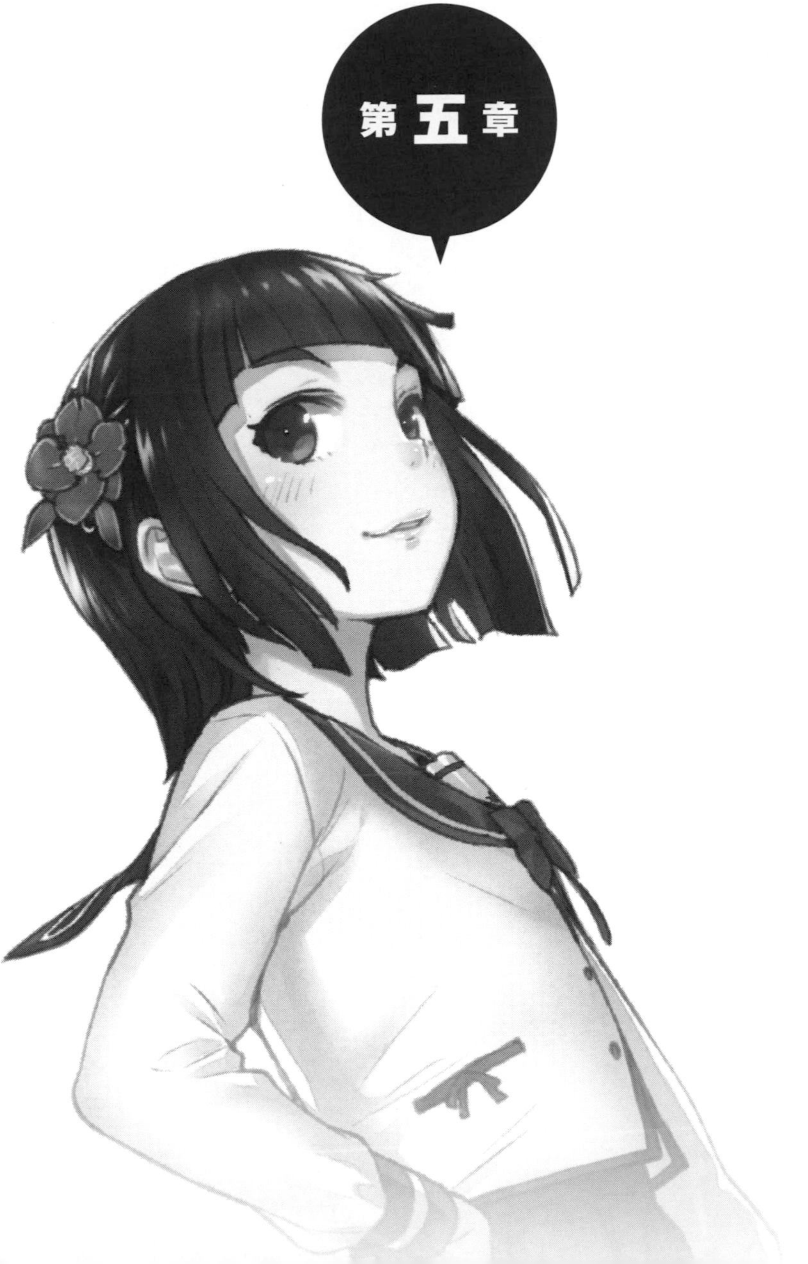

從各方面都很悲慘的昨天過了一晚，隔天早晨來臨。

我心不甘情不願地去上學，在教室裡靜靜地回顧昨天發生的事。

我和 Pansy……嗯，就是那樣……我們吵架了。

……啊啊啊啊啊啊啊啊啊啊！怎麼辦？我搞砸了！我真的搞砸了啦……！

看我做出了什麼好事！

就算自己不想被知道的事情被她知道，那樣反應也太糟了吧！

真的是太雜碎，太垃圾了……我已經覺得光是呼吸都已經太厚臉皮了。

Pansy 會生氣……吧……畢竟那完全是我在遷怒她啊……

這樣看來，是應該要和好……但我完全想不到方法……

沒、沒有啦，我有在反省！我反省得有夠深的！

可是啊，這個問題不是道歉就能了事吧。

總、總之！現在正好葵花和小桑都去晨練了，不在教室，我就開始專心地構思道歉的內容——

「欸欸，昨天的電視妳看了嗎？小瀧也太帥了吧？」

「有有有！超帥氣的耶。」

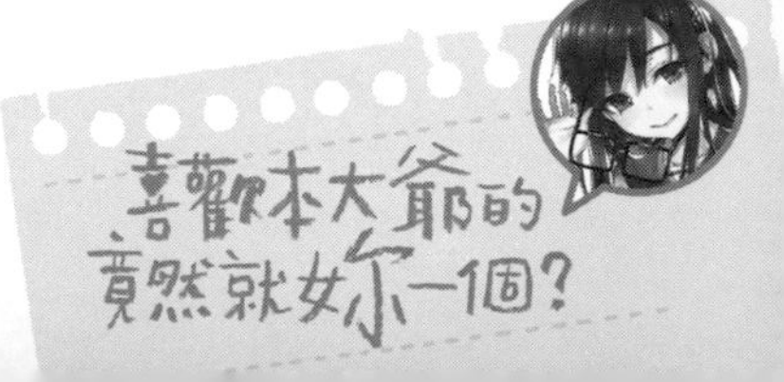

啊，這部電視劇，我家老媽也在看。

小咲真的好可愛，讓人神清氣爽……不對啦！（註：瀧澤秀明與武井咲主演的電視劇《毫不保留的愛》）

我在床上發愁，沒看這部電視劇，而且現在這時間應該要用來專心思考才對吧！

現在不是偷偷暗自加入紅人群對話的時候了！

而且「這邊」才六月，舞台設定根本有問題吧！

「呃……對不起。我沒看……」

「咦？是、是喔？」

A子同學Nice！身為領袖的妳沒看這部電視劇，導致紅人群的諸位都安靜下來啦。麻煩繼續維持沉重的氣氛。

「嗯。我昨天一直在便利商店站著看書，回到家已經挺晚的了。」

這樣啊？請務必告訴我，妳頻繁去光顧的是哪間便利商店。

知道了我就絕對不會去。

「咦咦～～！妳沒回家喔？爸媽都沒說什麼嗎？」

「沒事沒事。因為我家爸媽討厭我，幾乎連面都不會見到。」

「是這樣喔？之前我們去妳家玩的時候，妳媽媽不就超貼心的嗎！」

「媽媽是啦～～可是，另一邊就糟透了！也不知道是不是怕了我，每次回家都好晚，有夠明顯是故意晚回家的！真的是太遜了。我就是討厭很遜的人耶～」

「我懂～！這真的有夠討厭的耶～」

「對吧～？他土得可以又超噁心，真的很臭又神煩的……還根本不會擔心我……」

A子同學，也不必說得這麼難聽吧？我聽了都覺得可憐起他來了。

「倒是花灑，你從剛剛就在看什麼啦？」

啊嗚！聽她這麼一說，我才發現自己完全沒在想和 Pansy 和好的方法，只顧埋頭偷聽她們的談話……

「啊！沒、沒有！我什麼都沒看！」

「好噁！土得亂七八糟，又超超噁心，真的真的有夠臭，又無敵神煩的……」

看樣子，我是處在相當於兩倍不妙的立場。

這讓我從各種角度都切身感受到自己處在絕望的狀況中。

「啊！花灑，早啊！今天也要一起玩喔！」

葵花妳來得正巧啊！我差點遭到大群肉食獸攻擊，所以妳來真的幫了我非常大的忙。

只是關於計畫，我就一丁點也沒想好……

不，要死心還太早了！相信之後的上課時間，我一定……

＊

——午休時間。

就是說啊！就是沒有啊！

「＊」符號都過了的現在，當然是午休時間，我所在的地點是圖書室。

而我想各位讀者應該已經充分猜到，我沒想到任何一丁點道歉內容。

我也想過乾脆蹺掉不去，但這樣不行，絕對不行。

以往每天都到圖書室報到的我敢突然不去圖書室？

肯定會被大家發現一些事情。結果會怎麼樣？

各位體貼又可靠的女主角與主角可能就會為了改善我們的交情而努力起來。

我本來就已經不想背負任何虧欠，這樣的體貼對我來說太沉重了。

而且雖說我們吵架了，但我跟 Pansy 約定過，呃……而且要是現在就此不去圖書室，我們的關係大概就會變得無法修復……

「花灑，如果你是在想昨天的事，不可以太在意呢。」

「就、就是啊！我昨天也嚇了一跳，但這沒什麼好在意的。啊，當然我不是指不用改善，就只是你太沮喪也於事無補……」

吃完了午餐，Pansy 準備好大家的紅茶與點心後，小椿與 Cosmos 就對我灑下鼓勵的話語。

我好歹自認態度和平常的自己沒兩樣，但看來還是很讓她們擔心。

「謝謝妳們，小椿、Cosmos會長。可是，我已經不要緊了啦。」

我嘴上這麼說，但現在其實陷入了徹底的惡性循環。

朋友擔心我、鼓勵我，讓我很開心，但這同時也凸顯了我的悲慘。

我困在這種無謂的念頭裡，沒辦法坦然接受大家的好意，而是會加以扭曲，加上一層被害妄想，整個狀況無藥可救。

而最後又會厭惡起這樣的自己，疊上更多負面的情緒。

我的腦子裡已經一團亂，讓我什麼都搞不清楚。

不幸中的大幸也就只有我徹底磨練的表面工夫，加上Pansy從前陣子就一直很不高興，所以讓大家不會想到我跟她不說話的原因是吵架。

「花灑花灑！你這週五要打工嗎？」

我表面上一如往常，內心卻正沮喪，葵花就以一如往常的笑容繞過桌子來到我身旁。何必這樣特地靠過來，坐著說話不就好了？

「嗯，要啊。如果是週六，倒是沒排班。」

「真的？那週六就跟我一起練網球吧！」

什麼叫作「那就」？真希望能有人幫我解說，但大概不會有吧。

葵花理論當中，無法理解的套路遠比能理解的多。

「不行吧。我哪有可能跟上妳的運動神經？會搞死我的。」

「唔！才不會！憑花灑一定可以！」

「我才不要。」

而且就算可以，我週六本來就有事。

畢竟到了週五就會存到我要的金額了。

所以我計劃到時候先跟小椿領薪水，週六去買書。

……嗯？各位讀者是不是產生了「書店老闆只答應留到週五，當天不去拿沒關係嗎？」這樣的疑問呢？

唔，話是這麼說沒錯，可是……其實這當中有困難。

本來我應該要趕在週五那間書店關門的晚上九點之前過去買書。

但可惱的是我因為昨天的失誤而早退，要存到目標金額，連週五當天都得工作到晚上十點才行。

這樣一來，無論我怎麼拚命都沒辦法在書店還開著的時間過去，所以得拖到週六。

不過這不成問題。因為儘管我的確沒辦法在老闆答應我留著書的日子之內前往，但如果週五一整天他都肯幫我保留，這天之內就絕對不會賣出去。

所以，我要在週六一大早就衝去店裡買下書。這是利用了剛開店時夢幻保留時間的智慧型手法。自誇自讚是不太對，但我覺得實在很聰明。

「花灑，我們一起練習嘛！我喜歡跟花灑一起練！」

唔，她還是這麼一個永不放棄的任性ㄚ頭啊。

那沒辦法了，我就小小亮出週六的「另一件事」讓她服氣。

「既然妳這麼堅持，我也不是不能考慮啦……可是這樣好嗎？我週六本來是打算去買妳要的東西喔。」

「啊！對喔！」

沒錯，就是這樣啊。我週六還會去買妳的生日禮物。

我東折西扣的，確實籌出了需要的錢。

「謝謝你，花灑！我最喜歡你了！」

「嗯，妳等著。我會選出妳愛的款。」

「好棒！我好高興！」

呼，這下總算讓葵花服氣了，而且還讓她心情大好。

「嘻嘻！好期待喔！好興奮喔！好興奮！」

該怎麼說，看著葵花天真無邪的笑容，心情就不可思議地跟著開朗起來。

想來她本人並不是有意識地這麼做，所以才會是這個樣子。

這種時候，我就會深刻感受到……感受到有她這個兒時玩伴真好。

「對了，花灑，那本破破爛爛的書，你看完了嗎？」

這種時候，我就會深刻感受到……感受到有她這個兒時玩伴真討厭！真的有夠討厭！

「嗯、嗯……還沒……吧。嗯。還沒……」

「我知道了！是因為找不到，買不到新的書，所以還沒看完吧！畢竟有些地方都不能看了耶！所以你才會沒精神吧？花灑真傻啊！」

妳明明什麼都不知道，不要這麼懇切又周到地踏著地雷闖進來！真的是饒了我吧！

「才、才不是！不、不是妳說的那樣……」

「可是，不用擔心！我會加油的！葵花能量，充電～！」

是嗎？充電就免了，馬上給我閉上妳那張吵死人的嘴。

真的是給我閉嘴。我說真的，給我閉嘴！

「啊，對了。葵花，下次的比賽，我會超用力幫妳加油，妳等著吧！」

「小桑，真的？太棒啦！我好高興！」

啊啊……竟然能在這個時機華麗地對葵花說話，我這個好朋友是多麼靠、得、住……該不會我跟 Pansy 有了摩擦已經被小桑看穿了？

我離開圖書室，回教室途中，小桑一手放到我肩膀上。

「我說啊，花灑，要不要跟我一起去上廁所？」

……驚。看這樣子，會不會果然是被他給猜到了？

「嗯、嗯……我無所謂。」

「好！那葵花跟小椿就請回教室去吧！」
「好～！你們兩個，不可以遲到喔！」
「嗯，知道了呢。」
葵花與小椿聽小桑的話，先回教室去了。
留下的我懷著一種像是遭到逮捕的心情，跟小桑一起進了廁所。
「喔，這可方便了！沒有別人在啊！」
我很希望有別人在，但就連隔間也都很周到地全都給我開著門……
「也、也是啦……」
「那……嘿！」
小桑踩著輕快的腳步，卻不是走向小便斗，而是走向洗手台，輕巧地一跳，坐了上去。
這看來也就表示他從一開始就沒打算真的來上廁所。
「好冰！這裡怎麼是濕的！」
一連串動作做到一半都還很帥氣，卻被最後這一下給毀了。
他拍拍屁股，拍掉水分的模樣，還真有點好玩。
「這是洗手台，當然會濕啊。」
「哈哈哈！就是啊！那麼，花灑……」
他笑咪咪地看著我，視線讓我心臟怦怦跳個不停。

……錯不了。小桑發現了，發現我和 Pansy 之間不對勁。
怎麼辦？他會說「我來幫你們和好」嗎？
「我跟你說，我什麼都不會幫。」
「……咦？」
「不好意思，我忙著參加社團。現在對我來說，應該放在第一優先的事就是棒球！啊！這點一直都是啊！哈哈哈哈哈哈！不過總之……就這麼回事，你自己加油吧！」
「喔、喔喔……我知道了……」
我發現自己一瞬間有些失望，又累積了負面的情緒。雖然想著不要依賴別人，但只要看到稍微輕鬆點的路就會想走，這是我真的很不好的習慣。
「只是，我就給你一個忠告。」
「忠告？」
「去年我們棒球校隊打進的地區大賽決賽，你還記得嗎？」
咦咦咦！特異點要在這個時機登場喔？……不，再怎麼說都不至於吧。
「還好啦……大致上記得。只是如果要我一五一十講出來，我就沒有把握了……」
「那我的第一打席呢？」
說到小桑的第一打席……啊啊，就是二局上半那次啊！
「那我可記得清清楚楚！就是你在第一球，明明是壞球卻打出全壘打那次吧？」

去年地區大賽的決賽，我們學校從對手學校身上拿下的分數是一分。

拿到這一分的是四號打者小桑。雖然就結果而言是輸了，但搶先拿下分數的那個時候，待在一壘方向觀眾席上的我們情緒沸騰到了最高點。

「嘿嘿嘿！你記得這麼清楚，我可有多高興！只是啊，那個時候……我是事先決定好第一球絕對要全力揮棒，所以只是看到球就全力揮出去而已。」

「咦？是、是這樣喔？」

「對啊！其實我有夠緊張！就想說有沒有辦法可以舒緩緊張，然後就卯足全力揮棒！結果碰巧打到球，就變成全壘打了！」

原來小桑也會有緊張的時候啊……不，當然會有了。

「所以啊，花灑……就算是壞球，只要揮棒，有時候也是會打出全壘打。如果只因為不在好球帶就放過不打，可是會錯過機會喔。」

「呃……」

「所以，我不管什麼時候都會全力以赴！如果有什麼東西對自己來說很重要，想好好保護，那就別管什麼丟臉、見笑，懷著揮棒落空的覺悟去試試看也不壞啊！其實這話大家都在說，就是比賽結束之前誰輸誰贏沒有人知道！哈哈哈！」

「喔、喔喔……」

「我要說的也就這樣而已！我們回教室去吧！要是不快一點，上課會遲到的！」

小桑帶著一如往常的熱血笑容在我背上一拍，然後就以心情大好的腳步離開了廁所。因此，我也跟著走出廁所，前往教室。

＊

放學後，今天我也跟小椿一起離開學校，勤奮打工。

包含今天在內，只差三天。再過三天，我就買得起書。

然後就趁還書的機會，想辦法跟 Pansy 和好……

「歡迎光臨！啊，真山先生！前陣子非常抱歉。」

「嗯。」

唔！我正勤奮地擦著桌子，就來了個非常討人厭的客人。

不過，從某種角度來看也許算是幸運。

多虧了金本哥碰巧就站在門口附近，也就輪不到我去接待。

「那麼這邊請。」

對方似乎尚未注意到我啊。既然這樣，那就先撤退到裡頭躲一躲。

正好現在沒有客人點餐，也不是尖峰時段。

就想辦法和其他外場人員交涉，讓我躲到大叔回去再說吧。

所以呢，我就趕快退避吧。可是，還是得先露個臉看看情形。

「請問要點餐了嗎？」

「嗯，也對……高湯煎蛋卷跟……不，等一下，這個先處理。」

真山大叔毛毛躁躁地從懷裡拿出一張紙。

我視力很好，但距離太遠實在看不清楚。不知道上面寫了什麼。

「這是……啊啊！是前幾天的洗衣費用是吧！」

金本哥，謝謝你的解說。也就是說，那就是一張寫了我捅出多大婁子的收據吧。

「沒錯。趕快給我錢，拿到錢我就會點餐。」

「好的！那麼請稍等一下！」

金本哥以千錘百鍊的笑容與宏亮的聲音，再度走過來。

他就這麼走向廚房大喊：

「小椿，我跟真山先生拿了洗衣費用的收據！」

「啊，真的？是多少錢啊？」

「是二八〇〇圓！」

唔！金額比想像中更高。這筆錢最好是從我的薪水扣掉啊。

我買了書以後也不會辭掉打工，到時候再請他們從薪水裡扣吧。

「嗯，知道了。那麻煩把錢放進那邊的信封裡，交給他呢。」

「ＯＫ！那我去辦公室裝錢了！」

金本哥一手拿著寫有洗衣費用幾個字的咖啡色信封一邊走向辦公室。

太好了。這樣一來，只要金本哥把錢交給大叔，這件事就結束了。

到時候，多少——

『如果只因為不在好球帶就放過不打，可是會錯過機會喔。』

剛才午休時間小桑對我說的話忽然從腦海中閃過。

好球帶……說穿了，他的意思應該就是如果只在自己覺得辦得到的範圍內行動，就不會發現新的可能性……不會發現自己其實還能做得更好吧？

所以，有時候去挑戰壞球……挑戰自己可能辦不到的事情也是很重要的。我想小桑就是想告訴我這件事。

既然這樣……

「呃，小椿。」

「怎麼了呢？」

「那個……真山先生的洗衣費用，可以由我交給他嗎？」

「咦？」

小椿似乎沒料到我會說出這樣的話，睜圓了眼睛。

坦白說，我很討厭真山大叔。如果可以，今後我根本不想再跟他扯上關係。

可是，這次的事情是我不好，所以現在我不可以依賴金本哥。

我弄髒了他的衣服，讓他不舒服，就該由我去交錢。

不能老是只想往輕鬆的方向逃避，要好好面對才好。

「……不行嗎？」

「可是，花灑你……」

「有什麼關係嘛，小椿，我贊成。」

相較於小椿有些顧慮，不知不覺間應該已經去辦公室裝好錢的金本哥從背後出現，拍了拍我的肩膀。

「畢竟就是如月老弟的失誤招來了這次的事態，的確該由你去啊。」

「你還挺狠的耶……」

「那當然。要知道都是因為你，不用道歉的我都得跟著道歉了耶。」

「更正，你是相當狠。」

「對吧？來，這是洗衣費。」

金本哥嘴上很毒，卻以溫和的笑容看著我，把咖啡色信封交給我。

總覺得這讓我格外高興。

「嗯，知道了。那花灑，麻煩你去把錢交給真山先生呢。加油喔。」

「嗯！包在我身上！」

在小椿的許可與聲援之下，該出陣了！

就當成對 Pansy 的前哨戰！跟她比起來，大叔根本沒什麼大不了的。

「這是您的洗衣費。非常抱歉給您添了麻煩。」

「…………啊嗯？……是你啊？」

大叔對出現的人是我覺得狐疑，我把信封交出去。

但大叔似乎以洗衣費為優先，倒也沒說什麼，伸手接過了信封。

「嗯，金額對了。」

「真的非常非常對不起！」

大叔不理會我的道歉，點完信封內的鈔票後，攤開皮夾把錢放進去。

他把信封揉成一團，扔到桌上。

虧小椿還特地準備……

不，說起來都是我不好，在這個時候生氣也未免太沒道理了。

「那麼，你要出什麼？」

「咦？」

我、我嗎？要我出什麼？什麼意思？

「喂喂，該不會什麼都沒有吧？來的不是那個小哥而是你，不是應該有什麼用意嗎？」

大叔露出壞心眼的笑容嘲笑我。

他的表情明白顯示出他從一開始就指望我什麼都沒想。

「那個，是我給您添了麻煩，所以由我來道歉跟送洗衣費……」

「你果然是個白痴。你一定是天真地以為只要付了錢，好好道歉，事情就會結束吧？」

「這、這……」

「你就只是在做理所當然的事情而已。」

大叔的話比想像中更讓人難熬啊……

我弄髒了他的衣服，所以付這筆洗衣費，還要道歉。

這是當然該做的事……我做的事情和課本上教的一樣。

「不要把店裡的誠意表現得好像是你的誠意似的。這不是店裡的錢嗎？我是要你表示你的誠意給我看。」

一瞬間，Pansy 的臉從腦海中掠過。一股力道絞緊我的胸口。

大叔和 Pansy 沒有任何共通點，完全是不一樣的人。

可是，我打算對她做的事，狀況和現在很類似。

因為我弄髒了衣服，所以付洗衣費來道歉。

我把她的書弄得破破爛爛，所以想重買書還她道歉。

只有東西和價錢不同，想做的事情完全一樣。

連這樣一個大叔我都沒辦法讓他服氣，有辦法讓 Pansy 原諒我嗎？

她對我難道不會想要一些更不一樣的東西？

要是我的行動錯了，讓我和 Pansy 的關係更加走樣……

我困在這樣的恐懼裡，腦袋漸漸變得一片空白。

「受不了……你真的很會讓我不爽。」

「對、對不起……」

大叔說得沒錯，我也對我自己徹底不爽。

「對別人做出那樣的事來，還悠哉地打工是吧……真讓人傻眼。不過也是啦，就憑你這個連上進心都沒有就跑來打工的小子，也是沒辦法吧。」

不管做什麼都接連失敗，而且還給別人也添了麻煩，是最差勁的…………慢著。

我被說成這樣，現在是默默挨罵的時候嗎？

不是吧……不就是因為我都這樣不吭聲才會什麼都沒變嗎？

「…………的、的確，以前的我，沒什麼上進心就跑來打工。」

「啊嗯？」

理由當然是很遜啦。我是為了死撐著沒用的面子才開始打工的。

可是啊，只要再多想一下不就會想通嗎？我為什麼要死撐這面子？

再一次好好想想小桑說過的話吧！

『所以，我不管什麼時候都會全力以赴！如果有什麼東西對自己來說很重要，想好好保護，那就別管什麼丟臉、見笑，懷著揮棒落空的覺悟去試試看也不壞啊！其實這話大家都在說，就是比賽結束之前誰輸誰贏沒有人知道！哈哈哈！』

沒錯。就是啊……我明明就有，我確實有想做的事！

坦白說，要說出口會相當難為情，而且我覺得那樣的發言很讓人受不了。

可是啊……只有現在，我就不管什麼丟臉、見笑，懷著揮棒落空的覺悟做給你看！

「可、可是……以後不一樣了！」

「你在說什麼鬼話？……是怎麼個不一樣？」

「請您不要只看以前的我，請看看現在的我！」

「啥！現在的你？」

大叔似乎聽不懂我這幾句話的意思，猛力皺起眉頭。

老實說，我不知道這樣能不能讓大叔服氣。

可是就算是這樣，我也萬萬不能在這個節骨眼上什麼話都不說。

我一直輕賤自己。然而，現在不是因此迷失自己的時候了。

我要好好正視自己。我的確是個路人，是個沒救的傢伙。

可是，我不是有著不能妥協的東西嗎？我心中不是有著絕對不容妥協的事物嗎？

哪怕如何失敗，哪怕結果弄得多難堪……

「是，就是這樣。我，從現在起會好好努力。」

決定要做就要做到底。這就是我的座右銘。

「我沒有能讓真山先生滿意的答案。您說得沒錯，我本來確實以為只要交出洗衣費，道個歉，事情就能解決。」

我總是縮在安全圈裡不出來，盡可能不讓自己受傷。

可是，這樣不對。就是因為有這樣的想法，就是因為一直逃避，才會弄成這樣的狀況。

現在該改變的不是我的狀況，該改變的是我。是我……要改變。

比賽並不是快要結束了，接下來……比賽才剛要開始！

「所以，我會開始去找答案！我從現在起會盡力努力工作！不是為了錢而工作，是為了願意僱用我的店……為了真山先生，還有其他來光顧的客人，竭盡全力，誠心誠意工作！」

或許是因為我直視大叔的眼睛說話，大叔微微退縮了。

「什、什麼誠心誠意工作，這、這是當然的好不好！而且……你、你行嗎？沒有夢想也沒有目標的你——」

「我的確沒有夢想也沒有目標，可是……我有想保護的東西。」

我打斷大叔的話，說了這句話。

演變成這個狀況之前我都沒發現，但我確實有著唯一一個重要的事物。

我能發現這點……是多虧了Pansy。是她告訴了我。

那一天……小椿轉學過來的那天放學後，Pansy 說過的話。

她說得一點也不錯啊……我從一開始就一直無意識地為了這個目的而行動。

存在於我心中的「和大家寶貴的關係」。我就是想…………保護這個。

「我……在學校裡有很要好的朋友。這幾個傢伙都和我不一樣，有自己的夢想或目標，都在努力，真的很了不起。所以，我想幫助這樣的他們，我想保護他們。這對我來說，就和夢想或目標一樣重要，甚至更重要！」

「像、像你這種傢伙，哪裡辦得到！」

我就老實承認吧。圖書室裡那些傢伙，「每一個人」對我都是無可取代的。

他們被這樣的我吸引，願意和我在一起。而我能夠報答他們的卻很少。

正因為這樣，我該做的不是對此懷抱罪惡感……

「的確，我有幾兩重是可想而知。對他們來說，也許我根本是不必要的。可是，如果他們遇到困難，只要多少能幫上一點點忙，我就會全力去幫助他們。我會把渺小的自己能夠報答的東西全都雙手奉上。如果有誰可以飛得高，我就當他們的墊腳石。如果我能夠支持他們，能夠待在他們身邊，保護他們……這就是，現在的我想做的事！」

「哼！墊腳石啊……那如果你的努力變成白費工夫，你打算怎麼辦？你們這些小鬼動不動就吵架——」

「我會跟他們和好。我絕對不要在跟重視的人吵架後就這麼疏遠。既然這樣，我就不會

死要面子，不管多麼難開口，我都要好好說出自己真正的心意，跟他們和好。不管怎麼失敗，我都不會死心，會努力到最後！」

咦？我該不會在這許多其他客人還有打工的人環顧之下，說著相當難為情的話？……我要冷靜，現在得靠氣勢撐過去。

重要的不是周遭的人，是真山大叔。如果能好好說進他心裡當然最好……

「哼！盡是說些好聽的話！現實哪有這麼簡單！這個社會在很多地方都很殘酷！你也知道吧？現實，哪有這麼……唔！……我不舒服！今天我要回去了！」

唔！我盡力試著好好說，但似乎是火上加油了……

可是，那也無所謂。我已經好好說出了自己認為該說的話。

唉……可是，還是有點不甘心啊。

而且大叔有夠生氣地要回去了……嗯？

他停下腳步，而且好像用有夠凶的眼神在瞪我耶。

「還、還有啊！我從以前就覺得這家店的高湯煎蛋卷很難吃！我告訴你們，我女兒做的煎蛋卷還遠比你們的好吃多了！那我走啦！臭小鬼！」

呃……為什麼最後要挑剔起店裡的菜？是拿來罵我的話用完了嗎？

可是，不妙啊，他相當生氣耶。

照這樣看來，可能不會再來店裡了……

如果可以，我是希望他看著我拚命努力的模樣……看來是沒辦法了啊……

我乖乖死心，但還是遵守自己說的話，拚命工作吧。

那麼，馬上就來……

「嗯唔！」

這是怎樣？金本哥突然從我背後出現，把我的頭猛力往下壓啊！

而且他自己也猛一低頭啊。

「非常抱歉，打擾到各位顧客用餐了！來，如月老弟也說！」

「啊！非、非常抱歉！」

對喔。我們鬧得這麼大，當然應該先道歉……有道理。

接下來我鞠躬了約五秒鐘後，金本哥就把手從我頭上拿開。

「我可是相信你辦得到。」

他拋出溫暖的溫和話語，同時輕輕在我背上一拍。

「謝、謝謝你！」

「嗯！就是要有這種氣勢！那麼，接下來我們也好好努力工作吧！」

「好的！」

總覺得金本哥的話深深透進心中，迴盪在腦海的感覺格外舒暢。

＊

「花灑，辛苦了。」

「嗯，小椿也辛苦了。」

晚上十點。順利結束今天的打工後，我簡單回應小椿，一口一口喝著茶。

呼……以後可得努力讓自己更能幹才行啊。目標是說到做到。

「太好了，真山先生有好好接受。」

「……咦？啊，沒有……還好啦……嗯，太好了。雖然我不知道他有沒有接受。」

「一定有。他比平常乖了那麼一點點啊。」

真的是「一點點」啊。結果，最後他還是先抱怨了一些莫名其妙的事情然後就回去了。

而且小椿竟然把我跟大叔的對話都聽光光啦……這麼說來……

「呵呵呵，花灑是為了保護大家而努力啊。」

果然啊！我那些難為情的台詞也都被她聽得清清楚楚啊！

早知道會這樣，就應該挑小椿沒空離開廚房的尖峰時段去談……

不，這實在不行。在店裡最忙的時候跟大叔高談闊論，未免太給大家添麻煩了。

「嗯、嗯……謝啦。」

我實在很怕被人當面誇獎啊。

呃……總覺得喉嚨愈來愈乾了。喝茶潤潤喉吧。

「今天你很帥氣呢。照這樣下去，跟 Pansy 也一定可以和好的。」

「噗！咳咳！」

「啊，變得不帥氣了。好髒啊。」

「咳……妳、妳喔……知道……」

「那還用說？花灑今天對 Pansy 一直顯得那麼過意不去，看一眼就馬上猜到了呢。」

該死。真沒想到不只是小桑，連小椿也瞞不過……

也就是說，其他兩個人也……不，Cosmos 我還不敢說，但葵花應該不會。

怎麼想都不覺得那個傻妞型騷貨有這麼敏銳。要是她那麼敏銳，我反而會嚇到。

「我是想過是不是該幫你一把，可是你又叫我不要對你效勞。我可是有好好忍下來呢。

而且，這是你們兩個人的問題嘛。」

「這樣啊……不好意思啊，讓妳費心了。」

我把杯子叩的一聲放到桌上，低頭道歉。

這下等我買回書以後，可得盡快改善跟 Pansy 的關係才行了啊……

「嗯，不用放在心上呢。反倒是如果你們吵架了，只要對 Pansy 也像這樣乖乖道歉就好了吧？」

「唔！我、我知道啦！那個，這陣子……我會好好道歉。」

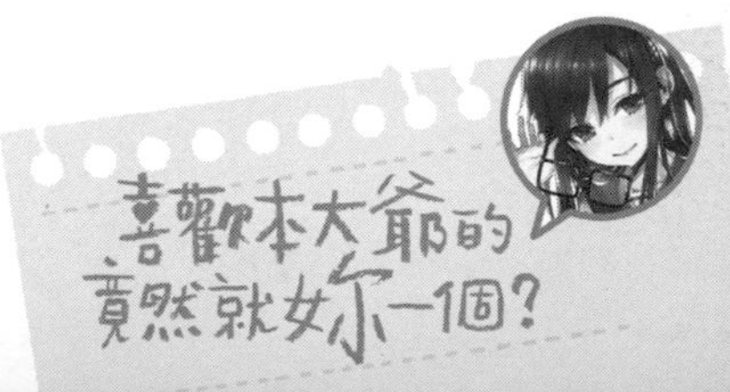

「花灑對 Pansy 太彆扭了呢。我倒是覺得她是個很棒的女孩子呢。」

嗯，對妳是這樣。對我，那女人可相當過分。

就算是無可取代的對象，討厭的東西就是討厭。

就是那個啊，那個。像漢堡裡頭的酸黃瓜？是用來畫龍點睛的酸味來源。

「妳只是還不知道，她是個有夠棘手的女人。動不動就鬧彆扭，又直接照情緒行動，對我又瘋狂噴毒……總之，她很多地方都很麻煩。」

「這樣啊？原來花灑很懂 Pansy 啊。」

看樣子，不管我說什麼，她都會判斷成我對 Pansy 有著正面的情感吧？國語好難啊。同樣一句話，每個人聽進去的內容差別也太大了。

不妙啊……要是繼續待在這裡，難保不會在小椿的誤導下走上強制 Pansy 路線。這我可萬萬不想領教。既然這樣，答案就只有一個。

「……我差不多要回去啦。」

當然是逃亡一擇。

就在前不久，我才決定再也不要逃避，可是，嗯……就是那個啊，所謂的說變就變。

對很討厭的事情我不會逃避，但對絕對討厭的事情就要逃避。這就是新規則。

就是那個啊，我覺得臨機應變很重要。

「嗯，辛苦了。從明天起再一起加油吧！」

小椿似乎看出我這種心境，露出小孩子惡作劇成功而嘻笑似的笑容這麼對我說。

總、總之，首先到週五前都要好好做好工作！

然後再把書買回來，和 Pansy 和好吧。

其實我應該馬上去跟她和好……可是，就是那樣啊。

要挑戰魔王，最好還是先確實準備好裝備。

我認為要全力應戰，做好準備是很重要的。

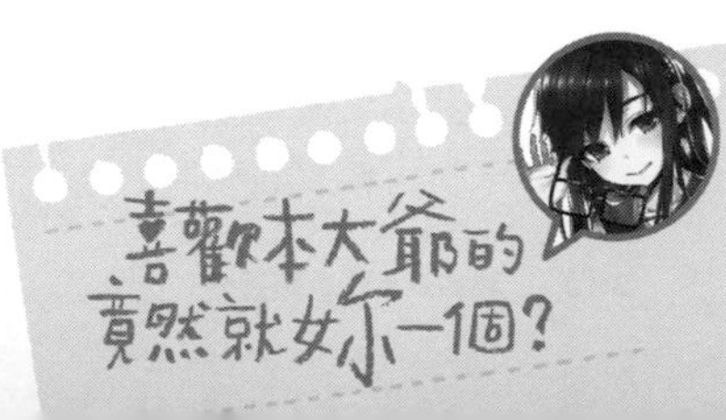

第六章

對我而言最壞的結局

時光推進一小步，週五放學後。我又在打工了。

我和 Pansy 之間的氣氛還是一樣險惡，過著尷尬的校園生活，但和這種日子道別的時候也終於漸漸近了。

畢竟只要今天下了班，終於就要領到第一筆薪水！

本來小椿的店不會在這種不上不下的日子發薪，是月底結算，翌月五日付款，但我占的是任性系特別名額。就如各位所知，我去求對我很好說話的小椿通融，讓她答應等我存到目標金額九萬二〇〇〇圓後就可以先給薪水！

我就要拿著這份薪水，明天一大早朝書店衝鋒，買下 Pansy 的書！

然後，後天 Pansy 應該會去看葵花的比賽，幫她加油，我就要把破破爛爛的書和新書都還給 Pansy！借來的那本我也好好看完了，準備可說是萬全！

唔哈哈哈……唉……啊～～……要是失敗了怎麼辦……呃，不行！這可不行！

現在不是被困在我拿手的惡性循環當中的時候了。眼前應該專心工作。

看，正好有客人來光顧了，現在就只專心顧好工作吧。

「歡迎光……啊。」

「喲，臭小鬼。」

哇～！我的任性願望成真，大叔又來店裡光顧啦！

這樣一來就可以讓他看到我拚命工作的模樣……不對，再怎麼說都太快來了啦～

你昨天不就沒來……等我多升幾級再來嘛……

「……有位子嗎？」

咦？我想我臉上表情應該是一堆問號，但真山大叔表情可也多少有些尷尬啊。

要是不想見我，別來不就好了……？但我不能這麼說，所以……

「有、有的！這邊請。」

「……好…………我要生啤和高湯煎蛋卷……還有，炸串拼盤。」

大叔一就座，連菜單也不看就點了餐。他和某個愛裝熟客的學生會長不一樣，真的散發出一種熟客的感覺啊。畢竟他真的就是熟客……

「好的。那麼請稍等一下。」

我很有禮貌地行禮，拿著單子走向廚房。等我走到，飲料大概已經準備好……

「那邊有飲料，麻煩你端去呢！」

就是說啊～準備得超周到的啦～完全就是要我端過去的情勢啊～

唉……就過去吧……

「久等了，這是您點的飲料。」

「嗯。」

呼……飲料也好好送到了，這次總該算是任務完成了吧。

總覺得再跟他牽扯下去實在危險，這種時候就該找個打掃的合理名義跑去別的地方……

「花灑，高湯煎蛋卷和炸串拼盤，麻煩你了！」

小椿啊，為什麼要在我回去的時機華麗地準備好大叔點的菜？

是怎樣？妳想看我跟大叔談話的場面嗎？妳是這麼個腐法？

「麻煩你動作快一點呢！尖峰時段就要到了！」

……好啦，我端，我端去總可以吧！該死！

「這邊是您點的高湯煎蛋卷和炸串拼盤。」

「好，來了啊。那……你過來坐一下。」

呃，為什麼要叫我坐下？怎麼？是因為一個人吃飯太寂寞，想找人一起吃嗎？還是想要我呼呼幾下吹涼了再拿給你吃？

這一呼呼下去，可真的變成腐腐啦。

「是喔……我明白了。」

不過要是這時候不聽話，多半又會把事情弄得很麻煩，還是乖乖坐下吧。

而且金本哥就在附近，遇到緊要關頭……也不用，他就已經過來了。

這個人怎麼會這麼靠得住？真不愧是打工領班。Help me。

「啊，真山先生，昨天我們店員跟您多嘴了，非常對不起。」

「啊啊，是小哥啊，你別在意。今天我會針對這件事跟這小子好好講個夠。」

「好的！啊，只是這會影響到業務，請聊一下就好嘍。」

喂，打工領班，你在面帶笑容走遠是怎樣？

基本上這種情形根本不行吧？不要說什麼聊一下，麻煩告訴他根本不能這樣聊。

「…………」

這可怪了？為什麼大叔還是不說話？

明明是他自己說「要針對這件事好好講個夠」，要我坐下來。

啊，而且還給我吃起高湯煎蛋卷來了。

「……過去這陣子，不好意思。」

「咦？」

奇怪，他吞下高湯煎蛋卷後，竟然跑出了一句令人無法置信的話耶。

這個人不像是會說這種話……我看是冒牌貨吧！把真正的大叔還給我……啊，也不用還啦，而且大叔本來就不是我的。好，你肯定是真貨。

「最近我很多事情不順心，所以變得很暴躁……我有點遷怒在你身上……那個……高湯煎蛋卷也是一樣，我女兒做的是全世界最好吃的，我就硬拿來比，挑剔你們店，麻煩你幫我跟店長說聲抱歉。」

他肯道歉，我非常高興。而且，我也不太有立場說別人。

可是啊，只有這句話我非說不可。

根本就不是「有點」！是相當嚴重！相、當、嚴、重！

「你說的要保護『和重視的人之間的關係』……這個想法，一般都會覺得難為情，根本說不出口，你卻能那麼耿直地說出來，看你年紀輕輕，可真不得了。畢竟也有些傢伙像我一樣，一把年紀了還辦不到。」

「您是指……？」

「嗯、嗯……我說很多事情不順利，指的就是……那個，就是……我跟女兒有點……你懂吧。」

大叔一邊用小指搔著臉頰，一邊有點難為情地說話。

緊接著他就垂頭喪氣，又開始一口口吃起高湯煎蛋卷。

「因為我要保護這『關係』……暫時似乎是沒轍了。你可別弄成像我這樣啊……」

難不成，真山大叔跟女兒吵架了？

嗯～～如果能給些建議就好了……但我完全想不到。

好，這個時候還是只簡單為他加油吧。

「那個，請真山先生也努力——」

「如月老弟～～你要跟客人聊到幾時啊～～？」

「哇！金、金本哥！」

「嗯，是我～已經尖峰時段了，我們非常忙，你知道嗎？」
呃，明明就是你對我置之不理吧！為什麼變成是我不好了？
哇！這是什麼笑容？有夠恐怖！
不知道是不是心理作用，總覺得聲音也超犀利的……
「對、對不起！那、那真山先生，事情就是這樣！」
「好。加油吧。」
我本想為大叔加油，反而讓他為我加油，之後我就一心一意地努力工作。
不知道是不是錯覺，金本哥的指示比平常更嚴格，不過我想應該……不是錯覺吧。

＊

「偶、偶回來喇～～」
「你回來啦～～雨露！打工辛苦了！」
好累……真的好累……金本哥的指示也太犀利了。
我覺得工作量有平常的三倍左右。差點就要變紅而且長角了。
不過我的辛苦沒有白費，我終於辦到了！我實實在在拿到了薪水！
我朝放在書包裡的咖啡色信封一瞥，上面用小椿可愛的字體寫著「花灑的預支薪水」，總覺得看起來閃閃發光。

　這樣一來，明天就……

「對了，雨露，剛才小葵來過，問你在不在。發生什麼事了嗎？」

「咦？葵花？沒有，沒發生什麼事啊……啊啊，說不定是來催我準備她的生日禮物。因為她這個月生日。」

「啊啊！的確是啊！順便告訴你，堇子的生日是十二月三十一日喲～～☆」

老媽，這個情報我用不著。我不可能在年底那種日子去幫她慶祝。

「那麼，雨露，要先洗澡，還是先吃飯？還是……Ａ、ＲＡ、ＳＨＩ？」

嗯，眼前至少不可能選三的直衝演唱會ＤＶＤ套餐啊。

「嗯，我想想，晚餐我在打工的地方吃了才回來，洗澡就等明天早上再洗，所以……」

「你真是的！那不就只剩一擇了嗎～～！」

「是啊，我要回房間睡覺，畢竟我很累了。」

「好～～知道了～～☆」

我聽著老媽的沙啞嗓音，踩著樓梯上去。

我把制服換成運動服，躺上床……等等，這可不行。

明天我一大早就要去書店，所以得設個鬧鐘……等等！這是什麼？

二十三封簡訊，誰啦！……這不是葵花嗎！

她是要催我買生日禮物催多凶啦？

不過，還真有點過意不去。

如果打工一結束就先看看手機就好了，但某個打工領班的指示太犀利，讓我精疲力盡，根本沒看手機。

如果這些簡訊的內容全都不一樣，我真的會被她的詞彙之豐富給嚇到，不過……嗯，不是這樣。雖然有些微妙的差異，但基本上內容全都一樣。

『花灑，你打工結束了嗎？今天已經要睡了？』

那回信只要回一封就行了吧。

『嗯，我累得要命，今天已經要睡了。』

這樣就行了……等等，她回得好快！短短三十秒就回，是有沒有這麼誇張啦……

『知道了！打工辛苦了！晚安！』

還是一樣那麼有精神啊。妳明明也應該練球練得很累了……

『好，晚安。明天練習也要加油喔。』

嗯，那這次我真的要為了準備明天早起，趕快……等等，奇怪？

仔細一看，只有一封是不同人寄來的，而且還是從陌生的郵件帳號寄的。

喂喂，我打工累了，正想睡覺，拜託別來什麼奇怪的事件啊。

如果是可疑的垃圾簡訊，我會直接無視，但為防萬一，還是看——

『你到關門時間都沒來，所以那本書我賣給其他客人了。』

一看到這封簡訊的瞬間，我眼前一片黑，手機咚的一聲掉到地上。

＊

「為什麼會這樣！」

早上，我一邊咒罵自己所處的現狀，一邊全力跑向書店。

結果我昨天根本睡不著。

那本書被我以外的人買走的事實帶給我的打擊太大，讓我睡不著。

所以，我利用這個狀況搭上了第一班電車。

現在時間太早，我想書店應該還沒開，但還是無法不趕去。

搞不好……雖然只是萬一的可能性，那封簡訊有可能只是為了催我而說的謊，其實尚未賣出去，而我就緊緊抓住這些微的可能性不放……

「不行！還給我關著門！」

說來理所當然，但我抵達書店後，鐵捲門還關著。

不僅如此，附近除了便利商店以外，其他商家也都還沒開。

「啊啊！為什麼關著門啦！」

我說完之後，自覺到自己講的話無理取鬧到了極點，便不再說話。

……不行啊。我絕對不能沒有那本書啊！

對我來說，要跟 Pansy 和好就絕對需要那本書啊……可惡！

後來等了一陣子，發生了一個小小的幸運。

離開店時間還有三十分鐘，鐵捲門竟然拉了起來。

既然這樣，管他會不會給店家造成困擾，看我直接衝進去。

「對、對不起！」

「啊啊，是你啊……？」

看到我急忙衝進店裡，大叔的表情變得有些尷尬。

不，只看表情來判斷未免太武斷了！要先去看看展示櫃……

「啊……啊啊……」

沒有……真的沒有。兩週前還在的書……我本來要買來還給 Pansy 的書不見了……

「我是想過也許你會今天早上過來，但另一個來買的客人咄咄逼人……我忍不住就讓了出去……」

背後傳來大叔說話的聲音，但我沒有心思答話。

我當場癱坐下來，只顧著發呆。

……為什麼？為什麼事情會弄成這樣？

就只差那麼一點耶。本來我打算買下 Pansy 的書，明天就去跟她和好。

結果卻……全都…………沒辦法實現了……

「你還好嗎？那個……不好意思。」

大叔的手輕輕放到我肩膀上的感覺，讓我勉強把意識拉了回來。

我朝大叔瞥了一眼，看見他以過意不去的眼神注視著我。

「對、對不起，明明是我不好……」

「不，你昨天沒辦法來，應該是有原因的吧？我也有錯……」

不對，有錯的是我。大叔什麼事都沒做錯。

只要我好好在期限內來買就沒事了。

我一而再、再而三地覺得我做事真的很不牢靠。

「那個……請問你知道還有哪間書店有賣這本書嗎？」

「不知道。因為那本書的稀少價值相當高啊。我昨天晚上是跟開書店的朋友聯絡過，拜託他們如果找到要優先賣給你，只是……」

「不好意思，還特地麻煩你。」

明明是我不守約定，大叔卻還為我這麼盡力……

既然如此，現在已經不是在這裡唉聲嘆氣的時候了。做這種事也改變不了任何事物。

那本書已經被別人買走，不在這裡了。

也就是說，接下來我該採取的行動，候選方案有兩個。

一、找出買走書的人，請對方讓給我。

二、找遍其他書店，找出同一本書。

該選哪一邊是想都不用想的……

「如果找到，可以麻煩你聯絡我嗎？我要去其他店找。」

「是、是嗎……？我知道了……加油！」

我對最後還幫我加油的大叔點頭致意，衝出了書店。

「嗯？有簡訊……啊，是葵花啊……」

一瞬間，我還以為是書店大叔傳來的，看到是葵花，不由得大失所望。

總之……還是先看一下吧。

『花灑花灑！你人在哪裡？我想跟你見面！』

她這麼說我是很高興，但不巧的是，現在的狀況不容我和葵花見面。

『不好意思，我現在有點忙，大概沒辦法見妳。社團活動要加油喔。』

我迅速回完信，猛力飛奔！

該死！我為什麼老是失敗！虧我還以為狀況總算可以改善……

＊

我背對夕陽，茫然走在路上，臉上只訴說出一種情緒……那就是絕望。

……完了，這是最糟糕的結局。

後來我搭上電車好幾次，找遍各個市鎮，但就是找不到我要的書。

不管哪間書店都沒有。也就是說，我過去的努力都成了泡影。

我不經意地朝塞在書包裡的咖啡色信封看了一眼。

這兩週來我一直打工賺到的錢，請小椿通融而先領到的錢。

昨天領到這份薪水的時候，我真的好開心。我第一次切身體認到自己的努力化為具體有形的成果，整個信封看起來簡直閃閃發光。可是，現在這種光芒已經消失，變得陰森森的。

……為什麼會弄成這樣呢？

心中翻騰的情緒盡是憤怒與對自己的不耐。

我應該更早……採取更能確實拿到書的行動。

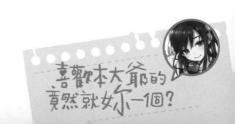

我每次都是這樣，在關鍵時刻輕忽大意，然後失敗。

像這次也是一樣，如果我在昨天就先打電話給書店老闆，拜託他留住書，或是告知我幾點要去買，也許就不會弄成這樣了。

我想如果事先讓大叔了解我的熱忱，大叔說不定也會……

忽然間，我想起了金本哥對我說的話。因為是「後來」才「反悔」，所以叫作後悔。

一點也不錯。我現在就接連受到自己先前種種行動產生的悔恨所侵襲。

如果是後來還能挽回的失敗就還好。可是這件事，已經沒辦法挽回了……

我該怎麼跟 Pansy 說才好……

「……咦？」

不經意地轉過轉角，看見我家門前有人。

我腳步搖搖晃晃，視野朦朦朧朧，看不太清楚是誰。可是……嗯？怎麼這個人好像在朝我接近啊。

「花灑，你總算來了！好慢！」

「咦？是、是葵花嗎？」

「對啊！我是葵花啊！」

從正面傳來的雀躍說話聲是我兒時玩伴的嗓音。

她以和死氣沉沉的我相反的清澈眼神笑咪咪地看著我。

「真是的！要知道我可是找你找了好多地方呢！」

她裝作氣呼呼的，但心情應該好得不得了吧。

只見她開心地左右搖晃著腦袋。

而且看到葵花的臉，我才想起我犯下的另一個失敗。

我只顧著找 Pansy 的書，沒買這丫頭的生日禮物……

「妳在……找我？」

呃，我不是回了訊息說我很忙，沒辦法見面嗎？

「對啊！我問桂樹伯母，她說你已經出門了，所以我到處找，但還是找不到，所以才在你家門前等！我很聰明吧？」

喂喂，給我等一下。今天不是妳比賽前最後一個練習日嗎？

難道妳不去練習，就一直在找我，最後還待在我家門前等我？

「妳為什麼對我……」

「嘻嘻嘻！」

她對我露出像是在說「就等你問這句！」的笑容，用力翻找書包。

然後抓住一樣東西……

「鏘鏘！這個，給花灑！」

這一瞬間，我的思考全部停擺，完全僵住。

「怪了？你怎麼啦，花灑？」

葵花似乎對我驚愕的表情有疑問，瞪大眼睛歪頭納悶。

但我沒辦法對她做出反應。

我的腦袋經過五秒鐘的思考停滯之後，再度開始運轉，卻湧出了更多疑問。

為什麼，她會有「這個」？

為什麼，她知道我需要「這個」？

為什麼，她做出了這樣的事情？

愈想就陷得愈深的疑問之中，只有一件事是我知道的。

原來是葵花。

比我先到「那裡」，得到「這個」的人。

以驚人的氣勢說服大叔，得到「這個」的人。

現在，她小小的雙手抓住的是一本書。沒錯……

「Pansy 的書」，是葵花買走的。

「花灑，你只會發呆，這樣好無聊！來，快點快點！」

葵花笑咪咪地把書塞給我。

我以無力的動作茫然接下，她的笑容就變得更燦爛了。

「太棒啦！我可是很辛苦才弄到的呢！我找了好多間好多間書店才找到的！老闆很和

善，我有夠用力去拜託，他就答應賣給我了！」

葵花以自豪的口氣述說自己的英勇事蹟。

的確，如果是這丫頭咄咄逼人，應該相當有魄力吧。我也能夠體會大叔為什麼會答應賣給她。

……等一下。她剛剛說「找了好多間好多間書店」。

這也就是說，她不是只有昨天在找？

「喂，葵花，妳剛剛說找過很多間書店……妳從幾時開始找的？」

「咦！嗯，呃……從昨天開始……」

她的眼睛往右一秒，往左兩秒……這丫頭，果然不是只有昨天在找。

她從更早以前就不去參加社團，在找這本書。

「為什麼要做到這個地步啦？」

「因為花灑想要這本書！所以我就去找啊！」

葵花似乎被我蘊含怒氣的口氣嚇得有些慌了，用半自暴自棄的口氣回答。

她不知道……這丫頭不知道……

她不知道 Pansy 的書會變得破破爛爛，原因就在於她甩出了書包……

但她還是為了我一直在找書……

明明有重要的比賽，卻不去參加社團……

她買到之後想立刻交給我，昨天晚上就來我家，然後今天一直在找我。

「這書很貴吧？妳哪有這麼多錢……」

「不用擔心！我存了很多錢嘛！」

啊啊……俗話說禍不單行……還真是這樣。

高達十萬圓的書，葵花買了下來。這個金額對高中生來說太高了點。

我知道葵花本來打算怎麼用這筆錢。

這是她球拍已經用得破破爛爛，為了買新球拍而拚命存下來的錢。

葵花犧牲球拍，買下了這本書……

「開……開……」

「唔？你怎麼啦，花灑？」

腦袋有大量的熱在運行，身體異常發抖。

連我自己都感覺到這是一直忍住的情緒就要一口氣爆發的前兆。

可是，即使感覺到也阻止不了…………我忍不下去了。

「開什麼玩笑！葵花！」

「……咦？怎麼了？」

我根本不管什麼會吵到鄰居，全力發出怒吼，讓葵花露出一頭霧水的表情。

妳……看妳做的好事！

我本來以為買不到書就是最壞的結局，但是我錯了。
這是遠比我意料中更壞……壞得比都沒得比的……最壞的結局。
葵花為了我，荒廢了社團活動好幾天。
葵花犧牲了要買網球拍的錢，為了我而買下這本書。
都是我害的……讓葵花做出捨棄以往努力的行動……
「妳、妳在搞什麼鬼啊！我說過要妳別管我這種人，現在以網球為優先吧？妳根本沒去社團吧！要買球拍的錢妳也用掉了吧！」
「可、可是……花灑有困難啊！所以，我……」
「哪有什麼可是不可是！我有困難？妳怎麼知道？妳哪會知道我有困難！」
我這麼一說，葵花的眼睛一瞬間睜圓，之後變得更銳利了。
「！！！我、我就是知道！」
她眼眶含淚地瞪著我大喊，讓我忍不住退開一步。
她為什麼這麼固執？
「我就是知道！我絕對知道！花灑跟我從小就認識！……所以，我都知道！花灑說謊的時候會有習慣動作！之前我問起這本書，你就騙我『不是什麼大不了的東西』！所以，我就看出那本書是大不了的東西！」
「我、我說謊的時候有習慣動作……？」

被她這麼一說，我一瞬間就想通了。

我知道葵花說謊的時候會有的習慣動作。也就是說，反過來也成立。

我一直到四月都在偽裝自己，但那終究只是在演戲。

相信我說謊的時候是另有別的習慣動作吧。而她……知道我會有什麼習慣動作。

「我才是第一！比起小桑，比起Pansy，比起Cosmos學姊，比起小椿，一直一直……一直！和花灑在一起的人是我！我才是第一！花灑最近很沒精神！在圖書室也很沮喪，一提到那本書就更沮喪！所以我就猜到了！猜到花灑想要那本書！猜到你想要新的書！所以，我就決定由我來買！」

這丫頭……竟然察覺到這地步……

「我給花灑添過這麼多麻煩，花灑這麼善良，這麼重要，所以由我來幫助你！可是為什麼？為什麼花灑就是不高興？為什麼我就非挨花灑罵不可！」

我一瞬間差點要退後，但驚險地挺住，往前踏上一步。

「那……那還用說！我不是說過嗎！我希望妳努力去打好網球！我希望妳專心顧好網球！可是，妳為什麼以我為優先？我這種人，哪裡需要優先！」

「網球也很重要，可是花灑也一樣重要！所以——」

「對我……妳比我更重要！」

「……咦？」

「妳一直在拚命！妳不是每天一直一直努力到今天嗎！妳不是一直盡力去做開心的事情、喜歡的事情到今天嗎？不要輕忽了這一切！」

國中一年級，她參加社團觀摩時產生了興趣，一股勁地迷上了網球。

起初總是不順利，葵花就經常找我發牢騷。

但她還是漸漸進步，拿下主力位子時，她說得十分自豪。

懊惱的時候哭泣，開心的時候歡笑，讓我深深感受到她真的很喜歡網球。

這讓我好羨慕。我很崇拜有東西可以熱衷，而且毫不遮掩去挑戰的她。

而她最棒的舞台，明明就近在眼前……

「為什麼！為什麼要以我為優先！我可是妳的兒時玩伴啊！我當然知道妳有多喜歡網球！可是妳，為什麼對我……妳做這種事，我怎麼可能高興！」

「啊、啊……」

「我就是喜歡看妳努力的樣子！喜歡看妳笑得很開心的樣子！妳任性又胡來……可是很拚命！我就是想看著這樣的妳！可是妳，為什麼為了我……拋棄妳……重要的東西……」

「你騙人！……不是騙人？花灑，你真的這麼想……」

葵花看著我臉以外的地方，震驚得話都說不好。

我以忽然冷靜下來的腦袋想到「糟了」。
我在搞什麼鬼啊！在罵人之前，明明就有更應該說的話。
我卻把這句話挪到後頭，對葵花大吼一通……
「對……對……」
不妙。葵花雖然拚命忍耐，但眼眶已經明顯濕潤。
我得馬上道歉才……
「對不起～～～～～！」
葵花大滴的淚水奪眶而出，喊出了我該說的話。
不對……不是這樣，葵花……是我不好……
「對不起……對不起……花灑……」
葵花用雙手用力揉著眼睛，擦去眼淚，但沒有意義。我看不出她是想遮掩接連溢出的眼淚，還是單純想傳達自己的心意，她把手繞到我背後用力抱住，臉埋到我胸口。
「不好意思……我也說得太過火了……真的很不好意思……」
葵花連連搖頭，用動作否定我的話。
「不是……花灑沒有錯……是我不好。對不起……對不起，我又給你添麻煩了……啊啊啊啊啊！」
我好高興……真的好高興。

當然怒氣也是有的。可是，葵花願意為我做到這個地步，就是讓我好高興。

「我動不動就會給花灑添麻煩……每次都靠花灑幫我……所以我就想說這次我一定要報答……可是……對不起喔～花灑……」

「……沒有這種事……」

「咦？」

「葵花，妳去買書給我讓我好高興。當然我也很火大沒錯啦，可是啊……我真的好高興，覺得很慶幸跟葵花是兒時玩伴。」

「咿！咿！……真的？」

葵花把哭得皺在一起的臉朝向我，用有點擔心受怕的視線看過來。

我總覺得看她的臉很難為情，忍不住撇開了臉。

「是真的。妳不是知道我說謊的時候會有什麼習慣動作嗎？」

「……真的耶～」

雖然我自己不知道會有什麼習慣動作，但葵花似乎看得出我是不是在說謊，開心地把自己的額頭碰上我胸口。

她這種模樣讓我覺得好可愛，我摸摸她的頭，繞在我背上的手臂就更用力了。

「嘻嘻～太好了～」

這丫頭，真的很好懂。

I ♡ JR

雖然也有些事情是因為我從小就認識她才懂，但相信她本來就是這種個性吧。

她的眼淚似乎還停不下來，但想必不是因為悲傷。

「謝謝妳幫我，葵花。」

「嗯！不各記！」

葵花大哭而充滿鼻音的話莫名地深深滲進我心中。

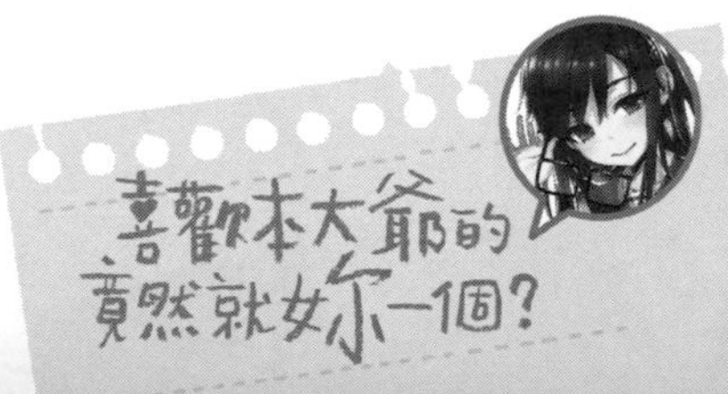

我啊，真的是個隨處可見的平凡……

第七章

週日。我照當初的約定來看葵花的比賽，幫她加油。

當然了，來的不只有我。

小桑、Cosmos、小椿，還有 Pansy，大家都來幫葵花加油。

「啊！大家！」

身穿網球裝的葵花似乎注意到了我們，開開心心地跑過來。

「葵花，妳可別打輸啊！」

「嗯！謝謝你，小桑！」

「不要太緊張，要維持平常心。」

「好的！Cosmos 學姊！我會加油的！」

先是小桑和 Cosmos 激勵葵花。

接著小椿盯著葵花的雙手手腕看。

「葵花，這個，妳戴起來很好看呢。」

「嗯，謝謝妳喔，小椿！這對護腕，我會珍惜的！」

葵花對小椿秀出戴在自己雙手上的紅色護腕。

是週六晚上，小椿去找葵花，當成提早送的生日禮物交給她的。我問小椿為什麼準備了這個，她就露出有些調皮的表情回答：「算是一點小小的歉意吧，補償我的失誤給你們添的麻煩。」

聽她這麼說，我有點冒冷汗，但還沒問清楚她這麼說的真意。

「葵花，今天比賽結束後，我準備了好吃的點心，妳儘管期待吧。」

「真的？太棒啦！我好期待！」

想來 Pansy 並不是送生日禮物，但似乎準備了點心，要給葵花在比賽結束後吃。她從平常用的包袱巾裡拿出葵花形狀的餅乾。

我固然也看得有點想吃，但那些餅乾是為了葵花烤的。

而且在討餅乾吃之前，我和 Pansy 之間還有非做不可的事情……

「花灑花灑！」

「喔，怎麼啦？」

和我以外的四人說完後，葵花來到我身前。

她那一口潔白的牙齒閃閃發光，帶著格外神清氣爽的笑容抓起我的手。

「我啊，有個問題想要花灑回答我！」

「要我回答？什麼問題？」

「……花灑現在……有喜歡的對象嗎？」

這個問題和前不久的花舞展上葵花和我跳舞時所問的內容一樣。

當時是在舞台上，只有我們兩個人。但現在不一樣，有大家在。

也許是錯覺，但我總覺得約莫有兩人投來了略帶緊張的視線……

但即使是這樣，我的答案也不會變。

「……沒有啦。」

也不是沒有稍稍關心的對象，但我並未懷有可以明確說是喜歡的感情。雖然這個人從我腦中掠過，讓我的回答晚了一步就是了……

「這樣啊！」

葵花燦爛一笑，抓住我手的力道微微加強。

好好好，這也和之前是同一個套……

「那跟我不一樣嘍！」

咦？這台詞，好像跟上次不一樣了……

嗯？這丫頭為什麼小碎步挪到我身旁？

「嘻嘻！那麼，花灑有乖乖回答，我要給你獎賞！」

「啥？獎賞──『嘿！』……這！」

「啊！」

「！」

我和 Cosmos 發出驚呼聲，Pansy 身體微微一晃。

小桑與小椿似乎也都被葵花採取的行動嚇到，但真是可惜啊。

我有把握比任何人都吃驚。

那當然了。因為葵花來到我身旁，就這麼按住我的肩膀後，用力把我的臉拉向她，然後在我臉頰上……嗯，就是做了那件事。

我的臉大概也不會輸，不過葵花的臉很誇張，都通紅了。

她似乎想遮掩自己這種表情，把球拍舉到臉前面。

舉起這把亮晶晶的……全新的網球拍……

「花灑，謝謝你的生日禮物！這個，我會一直珍惜的！我會一直一直……一直珍惜它！……當成我的寶物！」

上次我和葵花和解之後，帶著她前往體育用品店。

所幸當時店還開著，於是我就買了球拍給葵花當成生日禮物。坦白說，金額幾乎和 Pansy 的書一樣高，真的嚇到我了，但這不成問題。

畢竟她幫我買來 Pansy 的書。既然這樣，我也只要代替葵花買下球拍就好。我們是兒時玩伴，這點小事當然是要的。

「那、那我過去了喔！我不會輸的！Pansy、Cosmos 學姊！」

這句話是指比賽還是另有別的意思，我不知道。

但我也有知道的事。

那就是葵花離開後，約有兩人的表情讓我怕得不敢看。

「……是嗎？」

Pansy，我知道妳心情還沒恢復，但妳的聲調也太可怕啦。

「嗚、嗚！連葵花都這樣！不、不對，可是，我也沒資格說別人……我要加油！首先就來整理花灑同學的課業計畫……」

Cosmos，不要拿出幹勁和筆記本，說出這種對我來說危險到了極點的話。

*

今天的比賽，我看得內心一直冒冷汗，但其實用不著我操心。

葵花一手拿著新球拍，笑容滿面地打球，漂亮地贏得比賽的勝利。

確定可以打進下一輪比賽了。如果可以就這樣一路打到校際聯賽，當然再好不過。

真的是太好了……看著葵花的笑容令人暢快，但她贏得比賽的笑容更是完全不一樣。賽後我們到咖啡館辦了個小小的慶祝會，然後解散。

和大家分開後，我偷偷發了簡訊給 Pansy，到一個沒什麼人的公園再度會合。如果可以，我是很想坐下來好好說，但公園裡能坐的就只有「那玩意兒」，所以駁回。

我決定就這樣站著說話。

「那……你把我叫來這種沒什麼人的地方，是打算做什麼？」

「……妳先收下這個。」

我想了很多，想說的也很多，但應該還是要先處理這個吧。

我從書包裡拿出破破爛爛的書與亮晶晶的書，還給Pansy。

這是最重要任務。

「噢，兩本都交給我，也就表示看書速度最快只跟蝸牛一樣的你還挺努力的了。」

「再怎麼說也沒那麼慢啦……」

換作是平常，我會對Pansy的毒舌多抗拒一些，但現在我還辦不到。

畢竟今天的目標就是要把我們的關係修復到可以抗拒的地步。

「然後啊……Pansy。」

「什麼事呢？」

交出兩本書之後，最重要任務就宣告完成，但這終究只是開始。

接下來才是重頭戲。

「上次，對不起。我對自己沒自信，為了不想對別人有虧欠而逞強，這被妳說中，讓我內心非常動搖……結果遷怒了妳。而且我還放著這種情形不處理，讓妳等了這麼久，這點也要跟妳道歉……」

「是啊，我知道。所以，我非常傷心，非常寂寞。」

「唔唔！……嗯，也因為這樣，我也想了很多。」

我深呼吸讓自己冷靜下來，我與 Pansy 之間就竄過一陣莫名的沉默。

沒有人可以保證接下來我要說的答案能讓 Pansy 滿意。然而，我還是要全力以赴。

因為害怕一時丟臉而錯過機會，這種事我絕對再也不幹了。

「我沒有任何可以自豪的東西，外表沒什麼大不了，沒什麼特別的才能，這就是我。」

「自我分析很完美呢，你要不要拿這個當才藝？」

「少囉唆！總之啊！怎麼說，我還是不行。就算妳說破了嘴，我就是沒辦法對自己有自信。因為老實說，我什麼都沒有。可是，我有重視的東西。所以……」

「所以？」

「我決定要全力去保護這重要的東西。」

我要把那個時候對大叔說出的決心真摯地告訴 Pansy。

小桑、Cosmos、葵花、小椿……還有 Pansy。和這幾個傢伙比較，然後輕賤自己也沒有意義。做這種事情，也不會有任何改變。

所以，我要盡可能支持大家，我要盡力去做自己做得到的事。

「……是嗎？我明白了。」

好！我難得能夠坦白把自己的心意告訴 Pansy 了！

哼哼哼！可是 Pansy 啊，我告訴妳，我的成長還遠遠不只這樣！

「還有，我對妳也說了謊。妳在我家問到我真正的心意時，我忍不住氣往上衝，叫妳回去，但那不是我真正的心意。其實……」

「其實？」

咦？等一下，我是不是成長錯了？這再講下去，會是百萬噸級的難為情吧？

Pansy 整個被吸引過來了耶。她眼鏡有夠閃閃發光的耶。

「那個……呃……其實我是…………想跟妳……一起……」

真的，會不會太不妙？咦？這是怎樣？為什麼變成這樣？

「……呵呵。」

我正吞吞吐吐地說不下去，Pansy 就露出了好心情的笑容。

她這溫和的笑容有著驚人的破壞力，一點都不像是紮著辮子戴著眼鏡。

「真拿你沒辦法。看在你這通紅的臉份上，這次我到這裡就放過你。」

呼～～！還好 Pansy 難得這麼體貼！還好她看在我臉紅的份上！

「你確實拿出勇氣，好好努力了。花灑同學好棒。」

Pansy 微微踮起腳尖，輕輕摸我的頭。

這樣好像被她當小孩看待，讓我心境有些複雜，但我不由得看懂這個行動正是 Pansy 表示和好的證明，讓我無法揮開她的手。

……太好了～～能好好讓 Pansy 原諒我，真的是太好了……

「可是，你只顧著幫大家，自己無所謂嗎？」

「無所謂。因為目前這就是我最想做的事。而且啊，像我這樣什麼都沒有，閒得發慌的傢伙，沒有後顧之憂，隨時都可以開始做想做的事情。所以，妳看著吧。等我有了夢想或目標，事情可就不得了了。」

「是嗎？我會期待的。」

「好，妳儘管期待。」

哼哼哼。Pansy，妳可別小看我了。

憑現在的我，這點壓力，我輕而易舉就承受得住！

「是啊，憑現在這麼有勇氣的你，你應該也不會再為了圓滿收拾事態而拒絕大家的好意了吧。」

啊！等等！這種壓力不行啦！這我可未必承受得住啊！

「從下次起，你要好好忠於自己的心意，如果覺得有必要才拒絕好意喔……雖然如果我的好意被你拒絕，我會非常寂寞。」

這看似體貼，卻一點也不留情啊……這壓力承受起來可相當吃力……

「那麼，接下來輪到我了。」

「咦？」

這什麼意思？輪到 Pansy……？妳又沒做任何不好的事情吧？

坦白說，我有把握這次的事情純度百分之百是我不好。

「…………這次的事情啊，讓我有點討厭起自己來了。」

不會吧，喂。最擅長正向思考的她竟然會有這種負面的發言……

「妳說妳討厭自己？」

「其實我啊，在這次的事情當中，很嫉妒小椿。她和你同班，我沒辦法跟你在一起的時間，她也能和你在一起，卻連放學後都跟你一起，讓我非常不甘心。要知道我也是竭盡所能才總算能有很多時間跟花灑在一起耶，然後我就覺得這些寶貴的時間都被搶走了。所以，我使了詐。」

「……使詐？」

「對……就是我的真面目。」

呃，我根本聽不懂耶。妳真面目怎麼了？

「我知道花灑同學喜歡我真正的容貌，所以我試著利用這個優勢想把你搶回來，就在前陣子我去你家的時候。我是覺得如果由那個樣子的我來拜託你，平常不肯聽我請求的你說不定就會願意……」

「那可真是遺憾啊。這是兩碼子事。」

畢竟內涵就沒什麼不一樣啊。我就只是想看 Pansy 的外表嘛。

哪有可能只因為這樣就連我的想法都改變？

「是啊，我痛切感受到了這點。還有……對不起，我使了詐。雖然我說的話當中並沒有虛假，但我也真的有想把你拉回我身邊的骯髒想法……」

Pansy 竟然會對我道歉，這比負面發言更讓我吃驚。

而且她又那麼沮喪……真傷腦筋……明明紮辮子又戴眼鏡，卻莫名地可愛。

「也沒什麼關係吧。」

要是繼續站得這麼近，我多半會忍不住擁抱她，所以我退開一步，回了這句話。

從 Pansy 沒主動跟上一步這一點也看得出她有多沮喪。

「而且，我覺得妳這樣比較好啊。」

「咦？」

「那個……都這個時候了，我就老實說，我一直覺得妳讓我渾身不對勁。不管什麼時候，妳都把原原本本的感情對我表現出來，又完全不會氣餒，該怎麼說……像個怪物一樣，我甚至覺得妳已經不是人了。」

「這未免說得太過火了吧？」

啊，她有點不高興了，繃著一張臉，好好玩。

「沒辦法，我這個人就是彆扭。對那種人前人後都一樣，好的一面跟壞的一面都敢讓人看的傢伙就是沒辦法徹底相信。當然我可不是說我討厭這種傢伙喔。只是，就是會覺得有地方不對勁。」

我是不用說了，就連那麼有魅力的 Cosmos、葵花、翌檜……甚至就連那麼陽光的小桑，都有著平常不讓大家看到的骯髒的一面。

我就是想和包含這些在內的大家好好相處下去。

只要是波長和我合得來的傢伙，對這一面也能接受，繼續來往。

說來理所當然，那種完美得像是硬幣只有正面的人，這世上根本不存在。

骯髒的部分與乾淨的部分，有著讓這兩種部分並存的矛盾才是人類。

「所以，我覺得太好了。知道妳是人，也有骯髒的想法，讓我放下了心。啊啊，妳可別誤會啊，我不是受虐狂，而且也不是要妳活得骯髒……而且真要說起來，我本來就挺討厭妳的，事到如今就算知道妳有骯髒的一面，又哪會有什麼大不了的影響啦。」

「…………結果變成你剛剛說的那樣了呢。」

「什麼？」

這是什麼回答？說事情變成我剛剛說的那樣，這是什麼意思？

本以為知道了這女人新的一面，沒想到同時又跑出這種莫名其妙的話啊。

這句話實在太令人摸不著頭緒，我用力歪頭納悶，她卻莫名地給我笑了起來。

為什麼今天的 Pansy 明明是辮子眼鏡打扮，卻能發出這麼犀利的可愛感？

「我比以前更加……喜歡你喜歡得『有夠亂七八糟』的了。」

「這、這種話不要說得若無其事！」

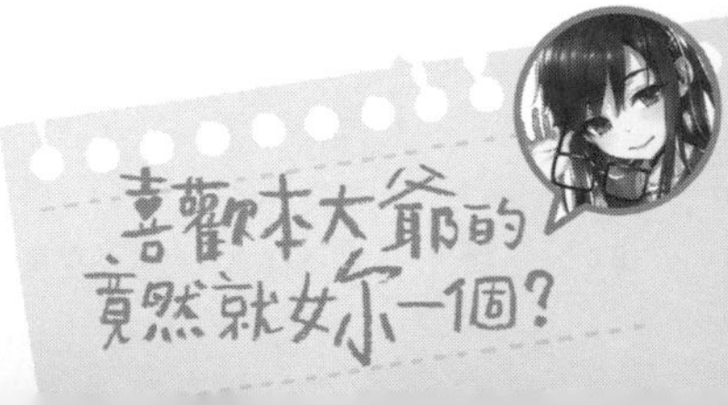

這女的果然是怪物。嗯，她不是人類。真虧她講得出這種話。換作是我，絕對說不出口。說出來的瞬間，我就會當場羞死。

「對、對了，這本書，你可好好看過？」

似乎是剛才的發言造成自爆，只見Pansy有點難為情地扯開話題。她舉起我交給她的兩本書當中又舊又破的那本，對我問起。

「那還用說？妳那個時候說過不用看，但這樣就沒有意義了啊……雖然妳說不用重買的意思我倒是懂了。」

把書看下去真讓我嚇了一跳。沒想到最後會有「那樣的機關」……不過，現在回想起來，就覺得她的意思應該是不用「勉強」去看，而如果不勉強，就希望我去看吧。

實在是……這女的說話還是一樣拐彎抹角，有夠棘手。

「也是。我的確期待那樣一說，你就會願意看。這也是使詐耶。」

嘖，這對Pansy而言是一場賭注，而我就完全上鉤了是吧？

從下次起，就算她說不用看，我也絕對不看……

「那麼，看完的感想呢？」

「還好，不壞啊。還挺有趣的。」

「真抽象。你最好再磨練磨練詞彙。」

「少囉唆。我不是說過不要期待我的感想嗎？」

「那麼，另一個問題的答案呢？」

Pansy 對我的感想「這部分」似乎滿意了，開始翻動書頁。

果然來了啊。她是打算問我「那個」……

……沒錯，這女的在這本書裡加上了唯一一個特別的機關。

一頁頁看下去，就出現一張書籤。書籤也和書本一樣變得皺巴巴又破破爛爛，但除了其中一部分，剩下的部分都還能看。上面寫著這樣一句話——

「如果我遇到天大的困難，你願意幫助我嗎？」

真是的……竟然提供我這種無謂的「共通話題」，這女的真是棘手到了極點。真要說起來，我根本無法想像這女的遇到困難的狀況，而且我也完全不明白到了那種時候，我派得上什麼用場。

不過……答案倒是早就確定了。

還給我用有夠閃閃發光的眼神看著我……煩死了……

「到那個時候，我有空就會幫。只是不巧，我有很多事要忙，妳最好別太指望——」

「剛剛某人才說過自己『閒得發慌』呢。」

「……好了，我打工排班的事還得跟小椿談，差不多要過去了。那我走啦，Pansy。」

「知道了。還有，你跟小椿要談的事情，憑現在的你一定不要緊。」

「不，為什麼只是決定排班卻得被這樣鼓勵？

怎麼？我是要去上戰場還是怎樣？

我還以為多少對 Pansy 多懂了一點，但還是很莫名其妙。

就算減少一個謎，離全部解開還差得遠啊……

＊

我順利地修復了與 Pansy 之間的關係，照自己的宣言，前往小椿的店。

因為我順利達到目標金額，要跟到昨天為止那種每天都忙著打工的日子道別了。

接下來就減少一些排班的天數，一步步為暑假存錢吧。

「啊，花灑，你和 Pansy 可好好重修舊好了？」

一走進辦公室，正在整理文件的小椿就丟出這麼一個非常令人傷腦筋的問題。

她為我擔心是很令人感謝，但我不想詳細回答，所以說出簡略過的答案：

「有吧……算是有。」

「那太好了呢。那……你要談排班的事情是吧？」

「對。不好意思，可以把我的天數減少一點……不，是可以大大減少嗎？」

突然跑來每天打工的傢伙說要減少打工，真的是給小椿添麻煩耶～

可是，如果再這樣每天打工，會對課業產生影響，而且要是被某個學生會長知道，多半在很多方面都會弄出可怕的事情來……

「嗯，不要緊呢。畢竟再過一陣子就是期末考了嘛，得好好念書才行。」

好！這樣一來，從明天起就可以正常去圖書室報到了！啊，可是……可能也會有些日子不能去啊。這個部分就祈禱送審後可以過 Pansy 這關，另行努力吧。

「對了，花灑。除了排班以外，我還有一件事想跟你談談……」

奇怪？小椿是怎麼了？怎麼好像有點害羞起來了？

嗯～我想應該是不會……不，應該不會吧～

「我無所謂啊。那個……怎麼了？」

「我從以前就在想，我也盡力對花灑效勞，做出行動，但意思一直不太能傳達到。所以我就決定乾脆直接說出來。」

等、等一下！我馬上做一下心理準備！

好！我做好心理準備了！隨時放馬過來，別光說不戀！等等，這招以前就講過啦。得好好增加詞彙才行……

「……我覺得你呢，差不多該好好做出覺悟了。」

怪了？這該不會是拐了個大圈子的表白？

「呃，欸……這意思是要跟我表白嗎？」

「你在說什麼啊？完全不是這麼回事呢。」

還給我！把我花在心理準備的勞力還給我！我剛剛可是心臟怦怦跳得有夠大聲的！

當然這也許和小椿無關啦！但還是好好還給我！

「你啊，真的是讓人搞不懂呢。我可是說正經的。」

我才搞不懂妳的發言。解說 Please。

「唉……那我就從頭說起了……起初我覺得奇怪是在我轉學過來的第一天，花灑帶我認識學校環境的時候。當時你說自己是個『沒什麼優點的傢伙』，這讓我感到掛心，偷偷觀察之下發現你在後來去的圖書室裡也一直非常明顯地輕賤自己，一直看不起自己，認為自己在這些人裡頭就該當個配角，對吧？我覺得對自己有絕對自信的人的確是少數，但像你這樣完全不想擁有自信的人，只怕更少呢。所以我就想到，說不定你是故意不去正視。」

「故意不去正視？這個，以前也許是這樣沒錯啦，可是現在我就有好好面對自己……」

我對大叔跟 Pansy 都打算說到做到，今後好好努力。

這件事不是已經解決了嗎？

「我不是說這個呢。」

「不是這個？妳這話是什麼意思？」

「你不去正視的…………是你所重視的周遭人們的心意呢。」

「啊！」

這下可來者不善啊……不妙，她說得沒錯，但要承認這個……

「所以，我才會找大家挑戰呢。因為我想這樣一來，你就會確實了解到你是個受大家愛戴的了不起的人。」

「沒、沒有啦……那只是因為他們人都很好，對大家都很平等……」

「哪有可能？這世上絕對沒有對任何人都平等對待的人。不管是 Pansy、Cosmos 學姊，還是葵花，都是因為重視你才會那麼拚命努力。當然我也是。尤其 Pansy 更是不得了呢。我作夢也沒想到，她竟然已經看穿了我的目的，在比賽的時候就被她說中了。我本來還挺有自信可以好好隱瞞住呢。」

小椿有點尷尬地露出苦笑。

說不定，這些話是放學後她們兩人跟我分開時聊的？

「我可是費了一番工夫喔。例如我想到葵花要晨練，可以跟你在一起的時間會減少，所以一大早就去叫醒你。」

那次早得不得了的 Morning call 竟然是有這樣的企圖……

「雖然到頭來我還是失敗了。因為花灑比我預料中更倔強，像我問起你對比賽的感想，

有罪惡感。」

「那妳從一開始……」

「嗯。我的目的是『讓花灑擁有待在大家中心的覺悟』。這才是……真正的報恩呢。」

炸肉串貴族的報恩規格比我想像中更斯巴達。

我萬萬沒想到她竟然是為了這個目的才向她們挑戰……我完全被騙過了……

「Pansy、Cosmos學姊、葵花、小桑，當然還有我也是，大家都很喜歡你。就因為有你，大家才會在一起。這樣的你……就像是把很多炸肉串串在一起的竹籤……如何？這樣可有好好傳達了我的意思？」

……我一直都知道。其實我早就知道了。

我不是什麼配角。不，真要說起來，這世上根本就沒有所謂的路人角色。

每個人都有著自己的想法，用自己的方式活著。

即使沒有目標，沒有夢想，所有人仍然是「那個」。

所以，如果我要對自己的際遇抱怨，「路人」這個詞一點也不合適。

「也對……」

和很多格外漂亮的女生以及最靠得住的好朋友一起度過的日子。

對於和這樣一群傢伙一起過日子的我，這個詞才合適。

我啊，真的是個隨處可見的平凡…………

「……我清楚地接收到了。」

主角。

「嗯，那太好了呢。」

小椿心滿意足地用力握緊雙手。

但她似乎還沒說夠，晃動長長的睫毛看著我。

「那麼，最後有一句話，我就先跟你說清楚。」

「呃……還有啊？」

「之前我說的話，你還記得嗎？就是你問我對你有沒有戀愛感情那次。」

這是指小椿向大家挑戰的那次吧？坦白說，我記不太清楚……

「啊，你忘了吧。那我就再說一次嘍。當時我說：『應該也很少人會對花灑你這種沒有夢想也沒有希望的男人產生戀愛感情呢。』」

嗯，我是想起來了，可是這句話挺傷人的。真的會讓人沮喪啊。

「可是啊……所謂的很少，並不意味著『沒有』喔。」

「唔唔！」

「不過也還好，這部分是花灑要處理的問題，我就不插手了呢。而且說不定我也會加進去這裡頭呢。呵呵呵……」

「啥？咦，呃，這…………」

的表情看得出是在開玩笑，但真的不要率直地講出這種話！

覺得喉嚨愈來愈乾了。還是喝點茶潤潤喉吧，我喝。

「啊，這個……」

「嗯唔！……怎麼了嗎？」

我喝了一口裝在桌上杯子裡的茶，小椿就嚇了一跳。

是怎麼了呢？該不會這茶從大概三天前就擺到現在吧？

不，沒問題。我的胃是宇宙。老媽一直教育我，要我這樣想，所以錯不了。區區三天前的茶，我承受起來是綽綽有餘。

「這、這個……是我喝的茶呢……」

結果更糟糕！我徹徹底底搞出問題啦！

這種事情只有對缺乏自覺的傻妞型騷貨葵花才能做，我在對這個清楚有自覺的清純系騷貨用這招幹嘛啦！

「啊、啊哈哈哈……這、這是初體驗之五呢……」

「不、不好意思！那、那我要走了！班表，還有各種事情，謝啦！」

「嗯、嗯……明天見……」

我太過羞恥，帶著大概已經通紅的臉對滿臉通紅的小椿道別，然後以驚人的勢頭一路跑回家去。

該死！隨處可見的主角會開啟的事件，一旦有自覺就很棘手啊！

看這樣子，當路人也許還好得多……

終章

我最不想聽到的話

過了一陣子，一週後的週三早上，我深刻感受到現實的殘酷。

葵花在上週日的比賽中固然漂亮地拿下勝利，但後來在另一天進行的比賽，就很遺憾地輸了。

對手人稱「夫人界的阿格西（註：「阿格西」日文發音同韓文的「大小姐」）」，是有著超誇張捲髮與亮晶晶雙眸的華麗美女。「騷貨界的喬科維奇」雖然也很努力，但力有未逮。

這樣的結果無可奈何。葵花雖然拚命努力，但對方選手也是一樣。

由努力、才能與運氣，這一切匯集而成的就是實力，而實力與實力碰撞的結果，當然沒有抱怨的餘地。

不過，這個就先不提了。

「對了對了，昨天的綜藝節目，妳看了嗎？」

「看了看了！超好笑的！那個綜藝節目！」

今天紅人群的各位也還是老樣子，吠得很有精神啊。實是熱鬧之至呢。

「啊，抱歉，我沒看……」

「咦？是、是喔？」

[illegible]回家的Ａ子同學沒看這節目，讓紅人群的各位立刻安靜下來。

這種似曾相識的感覺是怎麼回事？這是她們之間的例行公事還是怎樣？

「嗯，我昨天一直在家庭餐廳滑手機，挺晚才回家。」

這樣啊？請務必告訴我，妳頻繁去光顧的是哪間家庭餐廳。

知道了我就絕對不會去。

「這樣啊！那就沒辦法了耶～」

好了，說來唐突，但這個時候還是來複習一下我這個人吧。

我想各位都很清楚，我是個騙子。

要說我有多會騙人，我是個連自己內心說的話都會作假的騙子。

然後呢，這樣的我在這次的一連串事情裡，其實隱瞞了一件事。

只是話說回來，也許有些讀者已經注意到了。

還請已經猜到的讀者把接下來發生的事情當成是在對答案。

「呃……可以打擾一下嗎？」

「啥？做什麼？」

我盡可能以平靜的嗓音說話以免刺激到這群野獸，但看來效果不彰。

這幾個人轉眼間都變成了飢餓的豺狼。

可是，不可以在這個時候退縮，我要確實做到最後。

「呃……我有幾句話要跟妳說，可以跟我來一下嗎？」

「你是在……跟我說話？」
這個不管聽在誰耳裡都覺得充滿嫌惡感的回答不出各位所料，是發自A子同學。
沒錯，我有一件事要跟她談。我覺得這件事本來不該由我插手管，但既然我注意到了這件事，就決定要好好正視。
「對。不好意思，我有很重要的事情要跟妳談。」
「在這裡不行嗎？」
「不太好啊。如果可以，我想跟妳兩個人談。」
「「「「咦～～～～！」」」」
妳們幾個，這樣會不會太過分？
除了A子同學以外的四個人都給我一口氣從郊狼變成了種馬「迷人景致」。
「……也好。」
但當事人似乎不怎麼在意，手捂住嘴，用蒼白的臉給了我回答。
她之所以捂著嘴，多半是因為昨天吃了一大堆大蒜和韭菜而擔心會有味道，臉色蒼白多半是因為粉底塗太厚。實在是……這女生也太潑辣了吧。
「那妳來一下。」
好啦，現實逃避也完成了，馬上出發！
A子同學一起離開教室，前往人少的地方。

「所以，有什麼事啦？」

我帶A子同學去到的地方是餐廳。早上這裡一個人都不會有，是最合適的地方。

「呃……就是啊……」

「你可不可以趕快講完？慢吞吞。」

唔！還是一樣毫不留情啊，A子同……不，就別再這樣稱呼她了吧。

該怎麼說，說來的確理所當然，活在這世上的人大多數都有名字。

我擅自稱她為A子同學，但這當然不是本名。

她也是有個厲害的名字，同時也有被大家稱呼的綽號。

A子的「A」是「亞茶花（ASAKA）」的「A」。這女生的名字意外地雅致。

再來是她的姓氏………………………………她姓「真山」……

也就是說，她的暱稱是……

「山茶花，妳每天都在外面玩到很晚才回家吧？」

「那又怎樣？這種事情用不著你管吧？」

「可是，妳不是真的想玩才一直在外面遊蕩吧？」

「啥？你莫名其妙。我可以回去了嗎？」

「別這麼逞強。妳的夜遊，其實另有目的吧？」

「你喔……一直在講什麼鬼話？可以請你適可而止嗎？」

我也想過他們只有姓氏一樣，說不定我找錯人了，但這可能性很薄弱。

畢竟山茶花不只是姓氏，跟「他」還有一個共通點。

像現在她就正好在做這個習慣動作。這次葵花和我也都秀過了一手。

不，也許我不只是這次，上次也在無意識間流露出來。

至於山茶花的習慣動作——

她有個習慣動作就是一覺得難為情或緊張……就會「用小指搔臉頰」。

父女還真的是會有一些意外的地方很相似啊。

「……『高湯煎蛋卷』。」

喔，山茶花的動作突然定住，睜大了眼睛啊。那就表示……賓果。

我在小椿店裡聽大叔說起他最重視的關係……他指的肯定就是親生女兒，山茶花。

「要知道妳老爸有夠念著妳的。所以，妳沒事就不要故意在外面逗留，趕快回家給他看一看啦。」

「你到底從剛剛就在搞什麼鬼？像是我拿手的菜，還有那傢伙，你為什麼會知道？」

「我打工時發生了一些事情。不過，有什麼關係嘛。像你們這樣互相逞強的父女吵架，照妳的方式來講，就真的只是『土』到不行而已喔。趕快和好啦。」

「啥！這不關你的事吧！而且，原因本來就是他先挑剔我的穿著打扮！而且他對根本就沒當一回事。」

「哪有可能？那個大叔就只是沒辦法老實說出來，真的跟某人很像啊。他每次都有夠擔心妳的。」

「就跟你說不可能是這樣了！」

山茶花每天都很晚才回家的理由。

不是因為不想和大叔見到面。她就只是希望爸爸關心她。

真是的，老實說出來不就得了……？真是個彆扭的女生。雖然我也不太有資格說別人。

「真山大叔他啊，只是嘴上不說，其實有夠關心妳呢。所以，我再說一次……不要玩到太晚，好好回家去吧。」

「你、你、你很囉唆耶！而且就算我回家，爸爸也不在家……」

「要是他不在，等到他回家不就好了？邊等邊做妳最拿手的高湯煎蛋卷。大叔可是對我都在炫耀呢，說想吃女兒做的高湯煎蛋卷，還說那對他而言是全世界最好吃的。」

「！」

「不過我的確也有一部分是為了自己啦。要是他繼續挑剔小椿店裡的高湯煎蛋卷，會影響到營業額。所以就麻煩妳啦。」

哎呀呀，看她滿臉通紅，原來也有可愛的一面嘛。

嗯嗯，就是說啊。難得暱稱有了進步，接下來就……

業！」

「……你真的差勁透了。」

妳、妳……竟然劈頭就往我上體來上一拳，這是怎樣啦？

我明明事先說過，這年頭已經不流行暴力女主角了……

喂，不要丟下痛得動彈不得的我，自己離開啊。

就算妳轉過身去掩飾害羞，做的事卻是窮凶極惡啊。好好對我道歉。

「花灑，你真的很噁！……不過……謝啦。」

各位覺得如何呢？以上就是對答案。

山茶花快步離開，我還痛得在地上悶哼呢。

……就這麼回事，答案也對完了，就由我來做最後的報告吧。

歷經這次還有從前種種的經驗，我終於有了身為主角的自覺。

也許大家會預測這表示接下來就要展開一段大享豔福的道地後宮愛情喜劇。可是，這麼想就大錯特錯了。

坦白說呢……呃，該怎麼說……這非常難以啟齒，可是……

我打算讓這個故事在這裡結束。這是我個人的願望。

沒辦法！只有這件事真的沒辦法！

女主角不斷增加，書名缺乏整合性，真的是滿滿的不對勁。

於是……不才如月雨露想到了一個方法！

我要動用隨處可見的平凡主角才有的特權——「我們的戰鬥才正要開始（強制結束）！」

……那麼時候也差不多要到了啊。只剩一點點時間了。

以前我是在不上不下的頁數用這招所以失敗，但在這個頁數發動應該就行得通吧。

聽好了，絕對不要翻頁喔。絕對……絕對……！

絕～～～～～對！不要翻頁喔！

……咳，那麼，就在這個段落分明的地方～～……

各位讀者……我們後會有期！

【完】

「找到你了！如月學長！」

果然沒完結啊～～～～～！該死！

為什麼【完】字樣後面會毫無脈絡地跑出新的女生啦！

在山茶花那邊結束不是很好嗎！這樣她的印象會變淡啊！

虧我還以為結束得很漂亮，為什麼就是不肯讓我如願？

我一走出餐廳的瞬間就被逮個正著！手還被她整個人撲上來握住！

那麼，這小丫頭是誰？香菇鮑伯頭，配上花朵緞帶……等等，咦？

記得她是……

「妳是當棒球校隊經理的小丫頭……喔、喔哇！」

「請學長跟我來一下！」

我正要完結整個故事，結果就跑出來的這個女生，是以前在花舞展上獲選為第三名的一年級生。明明說過被我碰到會死，現在卻牢牢抓住我的手。

「啥、啥！喂，不要拉我！在這裡講不就好了！又沒有別人在！」

「這說來話長，我想坐下來說！」

喂……這女的，剛剛說了什麼？

坐、坐下來說？……喂喂，等一下好不好？

應該，不可能吧？難道說，這是……

「那裡正好！我們過去吧！」

「啥！不、不要這樣！那裡不妙！那裡不行啊！」

我看得見……我完全看得見……我正在慢慢接近光芒莫名更盛的「那玩意兒」。

「哼唔唔唔唔唔……」

「學長幹嘛撐著不動啦！請快一點！」

這、這小丫頭力氣是有沒有這麼大！我的抗拒絲毫不起作用！

這次我可真的很努力耶！為了不坐到那玩意，我有夠小心的耶！

「啊、呃！」

不要說話啊～～～！不要講出那幾句話啊～～～！

「首先！」

好強的離心力！我整個人都被甩了起來！

「請到那邊！」

啊啊，我挺不住啊～

「坐下！」

小丫頭以激烈的言語和離心力強制把我的身體拖到「那玩意兒」前面。

看到眼前「那玩意兒」的咖啡色光澤，我吞了吞口水。

小丫頭一副萬事俱備的模樣，正在坐下。

各位應該都猜到了吧？對，沒錯……就是這樣啊該死！

我的眼前，現在…………………有長椅啊〜〜〜！

「……好啦。」

我萬念俱灰，聽小丫頭的吩咐，準備坐到她的左側……結果莫名被她抓住身體，被迫坐到右側。果然是鐵打不動的「右」。

可是，我都乖乖聽話了，小丫頭卻不說下去。

不用裝了，反正一定會開始玩吧？看！

她把頭髮捲著玩了！這也就是說，接著要來的是〜〜……

「那個……！唔唔……！」

先來個難以啟齒的忸忸怩怩，再接〜〜……

「其、其實呢……那個……我一直想著一件事……」

每集必出的「其實」系列來啦〜〜〜！

聽來這次是有想著一件事是吧〜

我猜猜，是跟小桑有關？嗯？妳喜歡上他啦？喜歡我的好朋友？

既然這樣，就先寫個履歷提報給我，自我介紹來個五〇〇〇字。

有什麼話等交了再說。

「一想到這件事，我就覺得胸悶，每天都真的好雀躍。所以，雖然我覺得這樣很自私，但我還是像這樣付諸行動……」

真的是很自私啊！這點妳可要好好自覺啊！真的要反省啊！

又是被牽連進去的劇情了。這一定是那種要逼我往少女戰場衝鋒的劇情吧。

啊啊，真想乾脆從戰場前往虛構世界……

「如月學長……」

接著小丫頭的臉湊了過來。慢慢地，確切地接近。

這實實在在是少女墜入情網的表情。我可以進行逃走的準備嗎？

而當我們接近到彼此呼出來的氣息都會噴在對方臉上時，小丫頭用力閉起了眼睛。

花灑菲娜，高機動武裝換裝完畢！請開始逃亡！

Combat Option Dress Up

「請你幫忙撮合大賀學長跟三色院學姊，讓他們變成男女朋友！」

抱歉！我真的想逃離這裡！

後記

我話先說在前面，這篇後記當中會洩漏劇情。

所以，討厭洩漏劇情的讀者請小心不要看到下一行。

第四集，要出。

所以呢，這次就照上一集所宣告，來談談電擊小說大賞得獎作者（松村老師、三鏡老師、我）火熱大綱製作祕辛。

為了避免萬一有讀者不知道，我就先講解一下，聽說所謂的「大綱」指的是「將劇情中重要事件彙整而成的東西」（摘自維基老師）。

不過，光是看我寫著這種句子也許就猜得到了，其實我過去從來不曾寫過所謂的大綱。

我這個人差不多就是腦袋裡想到什麼就先寫下來再說，三兩下就提出去。

可是，這樣不行。我開始隱約有了一種意識，覺得「今後最好讓自己學會寫大綱！」，找在頒獎典禮上認識的兩位朋友商量。

那就是大賞得獎作者松村老師和金賞得獎作者三鏡老師！

我們之間才剛認識，所以還處在慢慢摸索要聊些什麼的狀況。

這個問題可就兼顧到了談話題材和豐富自己知識的作用，可說是一石二鳥啊，哼哼哼。

我就這麼暗自竊笑，露出有如惹人憐愛的幼貓的眼神，說道：

「請問大綱是要怎麼寫啊～？」

我輕聲細語，眼睛微微由下往上，小小顯得忸怩。

簡直毫無破綻。心想我都做到這個地步，應該沒有人會不回答吧。我就這麼插起了旗，

等待他們兩位回答，結果……

「「我都沒在寫。」」

談　話　結　束。

……這是意料之外的事態。真的是意料之外的事態……

我還以為他們一定有寫大綱，這種出乎意料的回答讓我也只能露出友善的微笑回答：

「啊……是、是這樣啊～」

……不過說起來啊，這也可以當作一種證明。

也就是說……即使不寫大綱，也拿得到電擊大賞！

我擅自整理出這樣的教訓，心滿意足。

另外，這是題外話，要是不曾寫過大綱就出道……

就可能會像某個大賞得獎作者一樣，進入大綱作廢無限循環的情形；又或者會像某個金賞得獎作者一樣，被人面帶笑容說：「哎呀～R老師的大綱真是無聊得要命啊！」最終寫出來的書裡，當初的大綱只剩三成左右。以上這些情形也是有可能發生的，所以絕對不是說不寫大綱也沒關係，還請千萬不要誤會！

只是，怎麼說……即使不寫，搞得定的時候就是搞得定，也是有這樣的例子（×3）。

以上就是不怎麼派得上用場的火熱大綱製作祕辛。

那麼請讓我致上謝辭。

首先，拿起這本書的所有讀者，謝謝你們！

雖然書名的整合性有點那個，但我想很快就會召回。在這之前，如果各位讀者能以看好戲的心情看下去，那就是萬幸了。嗯……大概，會召回！

惠賜訊息作為愛的鞭策的各位讀者，謝謝你們提供這麼多的意見！

讀者計量表網站上也承蒙讀者留言，今後我也會讓山田同學和刺針大大活躍，更加發揮登場角色的魅力。

寄了書迷來信的讀者，謝謝你們寄來各式各樣的信！

我也盡力送出了訊息，如果能傳達到就太令人欣慰了。

後我也會在留意健康之餘多加努力，盡可能以最快的步調出刊。

各位責任編輯，謝謝各位指出諸多問題並長期進行討論！

ブリキ老師，感謝提供美妙的插畫。我密謀要創造出「在偶數集就要搞召喚！」這種莫名其妙的不成文規定，下一集也請多多關照。

那麼，最後請讓我放進一句從以前就很想講講看的話作為結尾。

接下來才是真正的《喜歡本大爺的竟然就妳一個？》。

這次是普通的作者　駱駝

©HITOMA IRUMA 2016

Kadokawa Light Novels

6天6人6把槍 1～結（完）

Kadokawa Fantastic Novels

作者：入間人間　插畫：深崎暮人

入間人間錯綜複雜的群像劇結局將至。
6人圍繞著6把手槍的命運將如何轉動？

槍枝販子委託首藤祐貴處理下一個目標。綠川圓子被迫收留金髮青年徒弟的妹妹和狗。黑田雪路與小泉明日香共進早餐。岩谷香菜遭到綁架，一線生機是圓滾滾的狗。花咲太郎與二条終一同找起香菜與圓滾滾的狗。時本美鈴纏上木曾川，理由是閒著沒事。

各 **NT$180~190/HK$55~58**

台灣角川

Kadokawa Light Novels

©Sekina Aoi, Sabotenn 2016

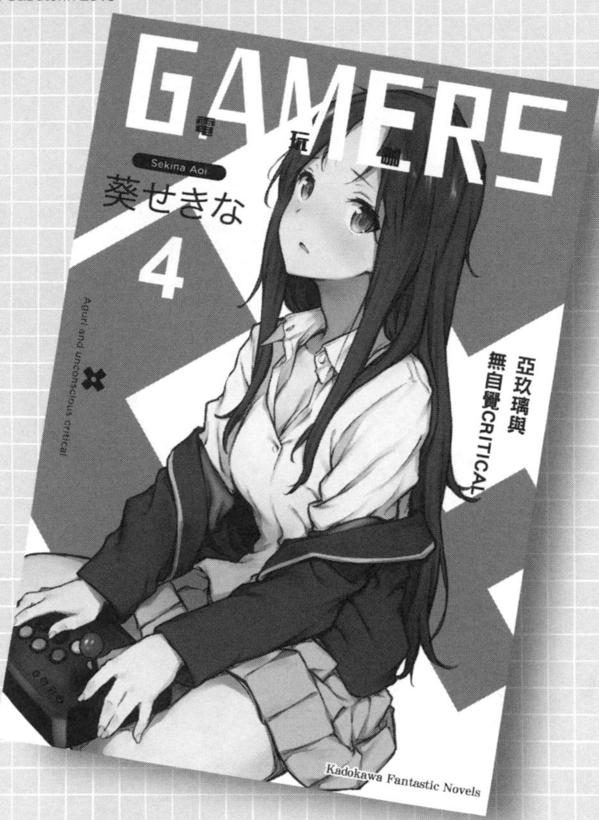

GAMERS電玩咖！ 1~4 待續

Kadokawa Fantastic Novels

作者：葵せきな　插畫：仙人掌

千秋發現〈阿山〉其實就是雨野景太！
亞玖璃因為雨野而對DLC迷得無法自拔！

對星之守千秋來說，有個網友比家人更加恩重如山——當她發現〈阿山〉的真面目就是死對頭雨野景太時，她「真正的初戀」便開始了——另外，電玩菜鳥亞玖璃因為雨野而對DLC迷得無法自拔！電玩咖們的青春戀愛喜劇果然有毛病！

台灣角川

各 **NT$180~240/HK$55~75**

©KAZUTOSHI MIKAGAMI/KADOKAWA CORPORATION 2016

Kadokawa Light Novels

瓦爾哈拉的晚餐 1~2 待續

Kadokawa Fantastic Novels

作者：三鏡一敏　插畫：ファルまろ

第22屆電擊小說大賞「金賞」得獎作品！
「輕神話」奇幻小說第二集在此登場！

我是山豬賽伊！上次解決世界樹倒塌危機後，我雖然受主神奧丁陛下欽定為英雄，依然每天過著成為餐點再復活的日子……就在這樣的某一天，女武神老么羅絲薇瑟大人因施展神技失敗而大受打擊。為了拯救她受創的心，再怎麼危險的方法我都願意嘗試──！

各 **NT$180~210/HK$50~65**

台灣角川

Kadokawa Light Novels

©RYOYA MATSUMURA/KADOKAWA CORPORATION 2016

其實，原本只要那樣就好了

Kadokawa Fantastic Novels

作者：松村涼哉　插畫：竹岡美穗

被喚為惡魔的少年菅原拓娓娓道來，
揭露令眾人驚愕的真相──

某所國中的男學生K自殺身亡，留下一封遺書寫著「菅原拓是惡魔」。起因據說是包括K在內的四名學生受到菅原拓的霸凌。然而菅原拓在學校是最底層的不起眼學生，K則是深受愛戴的天才少年，加上霸凌事件沒有任何目擊者，使得整起案件疑點重重。

台灣角川

NT$180/HK55

©Koushi Tachibana (Speakeasy), Kiyotaka Haimura 2016
©Speakeasy / Marvelous

Kadokawa Light Novels

為了拯救世界的那一天 -Qualidea Code- 1~2（完）

Kadokawa Fantastic Novels

作者：橘公司（Speakeasy） 插畫：はいむらきよたか

紫乃宮晶成了四天王之一，反而讓他遭舞姬等人跟蹤？

紫乃的暗殺目標——天河舞姬突然造訪，還說想住在他的房間？神奈川有個傳統的「驚醒整人活動」，照慣例必須對新加入四天王的學生實施？因此，成為四天王之一的紫乃反而遭舞姬等人跟蹤？驚人的事實即將揭露——「紫乃……原來是女生喔？」

各 **NT$220/HK$68**

台灣角川

Kadokawa Light Novels

©2013 by Meguru Kazami

我們就愛肉麻放閃耍甜蜜 1~3（完）

Kadokawa Fantastic Novels

作者：風見周　插畫：高品有桂

甜蜜蜜黏答答的時代已經來臨！
加倍肉麻青春愛情喜劇登場！

每天都過著肉麻甜蜜生活的我們，這次碰上了獅堂吹雪的曾祖母冰雨女士。她的外表看來就是一名國中生，個性自由奔放。她的一個提議讓我、獅堂、佐寺同學和六連兄被捲入肉麻甜蜜（？）的風暴之中，我和獅堂以及愛火三人的關係也隨之慢慢改變——

台灣角川

各 NT$180/HK$50~55

國家圖書館出版品預行編目資料

喜歡本大爺的竟然就妳一個? / 駱駝作 ; 邱鍾仁
譯 -- 初版 -- 臺北市 : 臺灣角川, 2017.03-
冊 ;　公分
譯自 : 俺を好きなのはお前だけかよ
ISBN 978-986-473-557-0(第2冊 : 平裝). --
ISBN 978-986-473-941-7(第3冊 : 平裝)

861.57　　106000990

Kadokawa Fantastic Novels

喜歡本大爺的竟然就妳一個？ 3

（原著名：俺を好きなのはお前だけかよ 3）

２０１７年10月６日　初版第１刷發行
２０１９年11月８日　初版第３刷發行

作　者：駱駝
插　畫：ブリキ
日版設計：伸童舍
譯　者：邱鍾仁

發 行 人：岩崎剛人
總 經 理：楊淑媄
資深總監：許嘉鴻
總 編 輯：蔡佩芬
編　　輯：孫千棻
美術設計：黃永漢
印　　務：李明修（主任）、張加恩（主任）、張凱棋

發 行 所：台灣角川股份有限公司
地　　址：１０５台北市光復北路11巷44號５樓
電　　話：（02）2747-2433
傳　　真：（02）2747-2558
網　　址：http://www.kadokawa.com.tw
劃撥帳戶：台灣角川股份有限公司
劃撥帳號：19487412
法律顧問：有澤法律事務所
製　　版：尚騰印刷事業有限公司
ＩＳＢＮ：978-986-473-941-7

※版權所有，未經許可，不許轉載。
※本書如有破損、裝訂錯誤，請持購買憑證回原購買處或連同憑證寄回出版社更換。

ORE WO SUKINANOHA OMAEDAKEKAYO 3
©RAKUDA 2016
First published in Japan in 2016 by KADOKAWA CORPORATION, Tokyo.
Complex Chinese translation rights arranged with KADOKAWA CORPORATION, Tokyo.